大漠流沙

沙太 著

山东文艺出版社

图书在版编目（CIP）数据

大漠流沙 / 沙太著 . —济南：山东文艺出版社，2024.4
ISBN 978-7-5329-7166-4

Ⅰ．①大… Ⅱ．①沙… Ⅲ．①中篇小说—小说集—中国—当代 ②短篇小说—小说集—中国—当代 Ⅳ．① I247.7

中国国家版本馆 CIP 数据核字（2024）第 080773 号

大漠流沙
DAMO LIUSHA
沙太 著

主管单位	山东出版传媒股份有限公司
出版发行	山东文艺出版社
社　　址	山东省济南市英雄山路 189 号
邮　　编	250002
网　　址	www.sdwypress.com

读者服务　0531-82098776（总编室）
　　　　　0531-82098775（市场营销部）
电子邮箱　sdwy@sdpress.com.cn

印　　刷	济南新先锋彩印有限公司
开　　本	787 毫米 ×1092 毫米　1/16
印　　张	14　插页 9
字　　数	120 千
版　　次	2024 年 4 月第 1 版
印　　次	2024 年 4 月第 1 次印刷
书　　号	ISBN 978-7-5329-7166-4
定　　价	48.00 元

版权专有，侵权必究。如有图书质量问题，请与出版社联系调换。

引 子

你看过日本电影《砂器》吗?在开场片景中,一个小孩在海边的沙滩上堆沙,一阵海风袭来,堆好的沙堆随即崩溃坍塌,随风而逝。

也许生活就像海边筑起的沙堆,曾有过的刻骨铭心,曾有过的喜怒哀乐,都会随着时间的流逝而了无痕迹。

把残留在记忆里的那些青春岁月的只砖片瓦翻腾出来,当是六十多岁以后的闲聊,取名为:大漠流沙。

目录

content

......001　　公　寓

......015　　离　谱

......029　　漂　泊

......047　　霞　子

......061　　异地高考

......070　　北京轶事

......074　　一叶知己

......088　　醒　悟

......101　　钱家的官司

......117　　候鸟邻居

......126　　妙手回春

......137　　戒　烟

......141　　青　衣

......146　　结　扎

......148　　完美婚姻

......152　　挑战痴呆

......159　　护　工

......165　　子鹰童趣

公 寓

秦太终于搬进了外表金光闪耀的新公寓。

如今生活好了,城里人时兴住房更新升级,秦太也赶时髦,把原来住的旧楼房卖了,换了个新公寓住,改变一下环境,也好让自己的心情好一点。

秦太的丈夫在四十多岁时,嫌秦太刻板缺乏女人的柔情,勾搭上一个年轻的会讨男人欢心的世俗女人,二人过可心的日子去了。秦太的丈夫实在受不了秦太那种事事一丝不苟的较真劲儿。夫妻俩过日子,说话办事都那么有板有眼的,真让人受不了。现在找的这个老婆,虽说赶不上秦太能赚钱、会教育孩子,可回到家里知冷知热,往怀里一扑,温暖得胜过秦太刚晒过的被窝。在有些男人眼里,家里卫生搞得干不干净不打紧,只要外套一脱,皮鞋一换,沙发上一躺,电视一看,老婆一吻就乐不可支了。像秦太这样的女人,单位忙完就上夜大去了,星期天还要陪孩子上兴趣班,老公回家永远是冷锅冷灶,没点过日子的热乎气儿。

秦太明白自己满足不了男人的需要,也不打算做什么改变。以前是拼力气的时代，家里没有个男人，换煤气罐、搬蜂窝煤、扛米面袋都十分不方便，可现今还用得着这个吗？

秦太原来住的小区在风景湖边上，购物交通都方便，社区安全卫生都很尽人意，就是没有电梯，房子老了点，因为是学区房，价格炒得很高，很容易就卖了个好价钱。秦太卖了旧房没再添钱，就买下了一所高档公寓。

秦太自认为看透了男人那点德行，不就是想占有老婆的一切吗？让他找买他账的女人去吧，她还是喜欢过自己想要的生活，用不着委屈自己。

秦太看好这所公寓是因为这块地段太好了。

现在的人选住宅，多少讲究点地段的出身和气场。像城西北那边，新中国成立前除了垃圾堆就是乱坟岗子，知根知底的城里人没谁花钱买那边。那里的房价比城东低三成，被外地进城谋生的人占据了。

秦太买这公寓时，售楼处每天都像是在开大型订货会，人们像在抢购什么稀罕紧俏商品。开发商有背景有实力，当然最让人心动的还是这个地段，艺术学院、电影学院、体育学院和师范学院都在这附近。秦太心想，买了这地段的房子肯定只赚不赔，钱就像投向了高速公路，飙升着猛涨。

再看看样板房，虽说是毛坯交付，但买一层得两层，层高五米八，可按个人想法装成上下两层，暖气费和物业费都按一层交。听售楼处的置业经理这么一说，好像满世界的便宜和好事都让买房子的人占了去。买房人中年轻人居多，大多数都是为了以后出租当小业主，每月什么也不用干就有几千块钱的房租收入，想想都高兴。自己没钱的要么就向亲戚朋友借点，要么就办个贷款，不买那可是吃大亏了，看着白花花的银子进了别人的腰包还行？

秦太看中的是，这组楼的外形和楼道电梯间全部用特定的姜黄墙板镶嵌，十二厘米厚的铝镁合金中空玻璃打造的落地窗，公共区域一律采用高档仿真大理石瓷砖铺贴，一改原来白瓷上墙的传统做派，让人有耳目一新的感觉。

更让秦太动心的是，十五层的大楼中五层以下全部是商铺，吃穿住行所需要的物件都不用去别处买了，以后年纪再大一点，不出家门就可以吃喝不愁地活下去。

人这一辈子过得很快，苦着累着一眨眼就满头白发了。秦太很知足，虽说退休金只有两千多块，但一个人吃饭穿衣用不了，攒下几个钱还可以一年出去玩两次。赶上好时候了，上几代人谁享受过今天的待遇？

公寓装修完成后，秦太搬进新居，成为这座金光灿烂大楼的第一批业主。

物业管理得很规范，大楼前厅设三班倒，二十四小时全天候有门卫值班，闲杂人员一律不许进入楼内，快递和外卖都在一楼大厅与客户交接，电梯、楼道有保洁员用专用工具进行清理和消毒，地面、墙壁都是一尘不染，确实让业主享受到了星级公寓的礼遇。

可好景不长，改朝换代了。开发商的物业撤走了，接手的是另一家物业公司。各楼座一楼大厅的保安全部走人了，光这一项就减员八十多人，每月工资少支付二十多万元。保洁工也砍去了百分之六十。

从那时起，这所公寓就成了"万国会"，五花八门干哪个行当的都不缺。这一间间的方阵里真成了八零后、九零后、零零后舞刀弄棒的"练功房"。

有聪明的女孩租下两间上下两层的民宅，办起了廉价旅店。一间二十平方米的房间，放四张上下连体床，可以睡八个人，楼上楼下加起来是八张上下连体床，可以睡十六个人。

来省城参加体考、艺考的孩子，也不全是家境好的，这里的公寓，一晚四十元，还是在学校门口，家里父母知道了也很放心。

这租下别人房子开廉价旅馆的女孩还真是有商业头脑，十六个人，一人四十元，一天就是六百四十元，一个月的收入就接近两万元。她给房主两千多元，再交点水电费、物业费，自己能挣一万多呢，上哪儿去找这么好的差事？

十六个年轻租客住在这儿，每到晚上八九点钟，楼道里就像炸了锅，呼喊声、笑声震耳欲聋，有时哪个孩子考试失利还会大声哭喊："妈呀，我怎么这么惨啊！"

秦太看着廉价旅馆门口扔着的一大堆方便面碗，听着夜间孩子们的喊叫，无奈地说："这下可热闹了，想寂寞也难了！"

长长的幽暗的走廊足有二百米。公寓的建筑质量挺过关，各单元房间只要关好门，外面基本上不会听到房间里边的动静。因为走廊两边都是房间，所以白天黑夜都是漆黑一片，全靠五米一个的廊灯来照明，要是哪天廊灯坏了，开门锁都得用手机照亮。像秦太这种过六奔七的老落伍，手机除了发个短信、接个电话，其他功能还真不会用。

秦太年岁大了，睡眠轻，夜里稍微有点动静就会被吵醒。可走廊里每天半夜都有人说话和走动，她心想这些邻居都是干什么生意的，晚上不睡觉吗？

其实在交房和装修的时候，秦太与本楼层的业主都见过面，进行过简单的语言交流。一楼层住六十多户人家，五十五户都是买了楼装修后出租给中介公司当旅馆的。中介公司的业务很活泛，有日租、月租、年租，还有合伙搭伴租房的。业主把房子包租给房屋中介，每月按合约价格收取固定房租，至于租给谁，租得出去租不出去，业主就不再操心了，出租的压力都转移到了中介公司身上。

九一二房间的业主长年住在深圳，把房子租给中介后，临走前敲开秦太的房门，说："阿姨，帮我看着点，有什么过头的事电话联系我。"

对门那两间的业主也敲开秦太的房门，一脸和气地说："大姐呀，平时你常住这儿，有什么事多加担待吧。"

买房自己住的几户人家中，有两户家的小孩在这儿就近上小学，省城只有这个区是文化区，只要户口在本区，小孩从幼儿园到小学毕业期间学杂费全免，还每年免费发一套校服，上午九点多的课间营养餐也不用交钱。学生优惠，学校先进，一下就引爆了文化区的房地产，连二手房都抢手得厉害。

秦太想，既然邻居有托付，就留意着点。

这晚不到十点，秦太看完京剧演出回家，下了电梯就看见一个三十多岁的男人站在九一二房门口，秦太觉得眼生没见过这个人。走廊里灯光昏暗，静悄悄的，秦太心里有些犯怵，不禁又看了那男人一眼。一米八几的大个头，横眉立目，壮实剽悍，胳膊上还刺着文身，这是谁啊？

"看啥看？"只见那男人操着一口外地口音，直奔秦太而来。

秦太连忙打开防盗门，进屋后把内锁扣上，对那个满目凶光的野汉子说："你干吗？我这就打110报警！"

"打啥也不怕！我怎么着你了？"

秦太不想听这无赖胡搅蛮缠，赶紧把内门关上了事。住过许多地方，秦太从没见过这么大胆的狂徒，如今和平年代了，养得浑身是膘的壮年男人无处发泄，各处找碴发威。

秦太只会用手机打个电话、发个信息。楼上住的年轻人整天连房门都不出，楼道里穿梭着快递小哥和外卖员急匆匆的脚步，房间里的消费者只需伸出一只胳膊，把东西拿进去就行了，付费都在手机上完成。秦太想，现代发明的这些新玩意让人越来越懒，以后恐怕连走路都不会了。

数字化时代真先进，什么时候人不用吃饭，也不拉屎撒尿就更好了，省去物业大嫂拾掇垃圾的麻烦。拾掇垃圾可真是个大麻烦，麻烦大到要出人命了！

物业公司在城里是雇不到年轻人干清洁卫生这些活儿的，甚至城里四五十岁的人也不愿干。负责公寓保洁工作的是城郊的农民工大嫂。每天早上五点钟，大嫂由丈夫骑摩托车带到镇上，乘坐一个半小时的市郊车到需要倒车的车站，再换乘公交到达工作地点，每天往返至少要五个小时的车程。每周工作六天，月薪一千六百元。

在城里人的眼里，这点工资要每天付出十三四个小时，还又脏又累的，根本没人能坚持下去。深山里的农民就不一样了，家里种着百十棵桃树、苹果树，遇着好年景，卖上七八千块钱，再加上几亩庄稼地的收成和几头猪卖的钱，全家最多也就一年收入两万块钱。如果正常吃饭穿衣过日子，柴米油盐酱醋，再加上电话费、交通费的，能存下两千块也够知足的。怕的是孩子上大学、老人生病住院或红白喜丧事，可那又是谁家都得碰上的事。

到城里来打工，农民大哥大嫂能干什么活呢？稍微有点技术含量的好活都让年轻人抢去了，小区的门卫保安、垃圾转运和清洁工就成了他们不二的选择。

秦太和负责公寓保洁的大嫂很投缘。一天在电梯口，秦太见保洁大嫂在擦眼泪，就问她："累了吗？"

"累倒靠后说，这城里人也太不把俺当人了！"大嫂气愤地说。

近些天，楼道里天天满地垃圾，有人把方便面汤子洒在走廊里，电梯间扔着一地烤串竹签子，保洁前脚往塑料编织袋子里拾，后脚就有宅男宅女把饭盒子、纸箱子抛出房间，乱七八糟的垃圾被过往的各色人等践踏后，一片狼藉。

一位保洁员负责十五层，八百多户人家的垃圾清理工作全靠她，这可能吗？

物业公司和业委会在各楼层电梯口都贴着：温馨提示，请把垃圾放置一楼出口的垃圾箱内。可那些人根本没把提示看在眼里，连尊重别人、爱护环境的基本常识也不懂，只知道自个儿舒服得劲，一丁点力气也不想使！保洁大嫂真不想再干下去了。

"忍着点,我这一层的卫生清理你别管了,腾点工夫我来收拾。"秦太很同情保洁大嫂。

就这样,有人搬家把旧沙发、旧玻璃板放在楼道里,别人很难通行,保洁大嫂和秦太两人就一起用足力气,把它们搬到电梯上,运下楼去。有年轻人失恋了、考试考砸了,故意借毁物发疯,把菜汤子或是饮料洒在走廊上,秦太就拿着扫帚、拖把,边收拾边骂:"这些缺家教的兔崽子,上辈子欠债,这辈子欠揍,三辈子上不了台面。"

后来,电视台也来做过现场曝光,防疫站、消防队也多次给小区物业下过限期整改红头文件,常住业主也生气地在电梯间的醒目处贴出白纸黑字的警告标语,可是通通不管用!

秦太冬季去海南越冬,开春回到公寓,被楼道里成堆的垃圾惊呆了。一股股臭气弥漫在长长的走廊里,过往的住客用脚踢着大大小小的塑料袋和污物穿梭,消防通道被一米多高的垃圾堵得严严实实。

这不是什么住宅公寓,是垃圾掩埋场!

秦太给市政便民热线打去投诉电话,工作人员态度其认真,两天内三四个部门领导分别给秦太打来电话,说问题即刻会得到解决。三天后,走廊里的臭气把秦太熏得简直没法活了!

早上五点,秦太戴上口罩,穿上工作服,拿起全套的清洁工具，开始了大扫除。一连三天，从早上五点到上午九点，秦太为公寓九楼五个月的垃圾买单。一百多天的垃圾积攒到不通风、不透气的楼梯间里，别说是人吃剩的，就是好米好面也该生虫子了。冬季取暖季节，走廊里的温度不低于十五度，这是各类细菌微生物很适宜繁殖的温度。

又臭又酸的味道让秦太几次差点吐出来，笤帚、簸箕有时用不上，有些垃圾袋子已经腐烂了，秦太用手把这些脏东西一件件地弄进大号垃圾袋子里，一桶又一桶地从家里拿出配好的消毒水，冲洗走廊和消防通道，最后还用灭蚊虫的喷雾器消毒灭菌。

清理后的楼道恢复了最初的模样，为了不再重蹈覆辙，秦太像一个保姆看顾婴儿一样地守护着这历经辛劳清理出来的走廊。

楼层里住着六十几户人家，难道他们喜欢这肮脏的环境吗？

有长住客户因与出租方签了合同，交了定金，想退房走人也难办，又都是外地人，只能忍了。臭就臭吧，反正也不是臭咱一个人。

有本地业主打了几次电话找物业，物业前脚给拾掇利索了，后脚又给扔满了，光是保洁大嫂就气跑了四个！本地业主没办法，只好走人，去住城里的其他房子。

三天一来、五天一换的艺考培训生也嫌脏嫌臭，可忘不了随手再扔一袋。他们又懒又脏，身上的味道并不比垃圾好闻多少。

保持楼道卫生的秦太，这回真成了名副其实的保洁员。

物业贴出公告，物业不再负责公寓的垃圾清理，让住户自己把垃圾放到一楼出口处的垃圾箱里。

你贴你的公告，我扔我的垃圾，各走各的道，互不妨碍。

物业经理是个八零后小伙子，正值当年，不信在省城自家门口治不了垃圾乱放这点破事。这群外地租客也太猖狂了吧，愣是在两年内气走了五个保洁工，现在物业办公室内勤六个员工，每周清理一次公寓垃圾，一次竟然弄出了八十大袋子垃圾，一周后又成了一百多袋子垃圾，真是太过分了！没办法，只能让公寓业主自己解决问题吧。

电梯是住高层大楼人的腿和时间，没有了电梯，这座大楼就瘫了！当初开发商只知道把大厦外表装饰得金碧辉煌，把电梯间走廊画成富贵之家，可卖给业主的房子却是毛坯房。五米八、五米六的层高，每户都必须自己盖二层小楼。房子中间的隔层和楼梯工程量很大，所耗用的钢筋水泥之多，远不是一般新楼装修所能比得上的。利令智昏的开发商祸害了多少人家啊！

电梯是第一个损坏严重的工具，五六百户人家不分昼夜地往各家各户运送上吨的水泥、黄沙、螺纹钢，还有各种装饰材料，把好端端的电梯弄得千疮百孔，惨不忍睹。

房子不是一下子卖完的，大多数人家装修完入住了，还有刚买了房才装修的。于是，入住人的烦心事就来了，不论白天还是晚上，楼上楼下一阵阵刺耳的电锯、电钻声层出不穷，把人搅得坐立不宁、心神不定，连打电话、看电视也听不清声音。

秦太对过的一位男业主，衣帽整齐，戴副眼镜像个文化人，装修房子愣是装了三年。这老先生特别会过日子，找了十多家装修公司谈合同，都因价格问题没签约。终有一家合他心意的装饰公司愿意为他效力了，老先生跑到秦太的装修现场，对秦太炫耀说："就按你家的装饰规格，我谈下来了，一间三万，两间六万，隔层楼梯全包括在内。"

秦太不相信他的话，谁都知道，一间的隔层楼板就得三万块，装修公司是傻瓜吗？

一年半以后的一天下午，秦太被咚咚的砸门声惊住了，住这种公寓的，邻里之间基本不会串门。秦太开门一瞧，原来是对门那个老先生，说借两个塑料袋子装点东西。秦太问："多日没见，什么时候住进来的？"

"还没装修呢！"原来签合同的第一家装饰公司的代表，在收了一万块钱定金后人就蒸发了；第二家装饰公司倒是把隔层打完了，但要求追加工程款，与老先生谈不拢，卷着铺盖走人了。

两年多了，合着被人骗了两回，果然天上不会掉馅饼，越小气越容易吃大亏，年轻一代还能让你一老人给算计吗？

第三次装修倒没再让人给骗了，可两年后的人工材料价格上涨了许多，老先生肯定比别家多花了装修费又晚两年收房租。

装修不同步，噪音、粉尘、气味都搅扰着住在公寓里的业主。业主们在愤懑中，在不卫生状态下，过着与买楼初衷背道而驰的日子。业主们心里都发愁，这破烂摊子由什么人来收拾呢？又在什么时候能收拾到让人满意不闹心的程度呢？

当初开发商为了卖房，承诺孩子可以就近上学的事也成了空头支票。无奈，社区业主联合起来，班也不上了，钱也不赚了，扯上白布黑字的条幅，上访请愿了好几次，终于问题得到了一定程度的解决。

秦太买了这里的公寓，本指望着生活配套齐全，安生养老度日，谁承想按时交着物业费，自己却要清理楼道走廊，为全楼层拖地倒垃圾，还要被那些年轻租客骂为"一个只懂得拾掇垃圾的傻瓜"！

六十年一个甲子，人类过去了多少个甲子？国人在过去没谁住过一百多米高的金碧辉煌的由西门子电梯运行的高楼大厦，现代人住上了，享用了高科技、高文明的成果，可人的道德水准呢？太不匹配了！

秦太痛心！秦太觉得自己有责任、有义务为故乡土地上共同呼吸的人们做一点什么。

不管发生了什么，阳光永远会光照大地。

2016 年 10 月 12 日于山东济南

离　谱

　　傍晚，丽华牵着看看在社区花园中散步时，传达室的田师傅对她说："今天有位老先生向我打听你家看看来着。"丽华问："是谁吃饱了没事干打听我家狗的信息？可笑。"田师傅说："这老先生原先没见过，好像跟你们家挺熟的。"

　　丽华住的是省电视台的老宿舍，二十世纪九十年代建造的，住起来挺方便的，就是没电梯，那时的宿舍大都是六七层高，公摊面积很少，得房率高。丽华住进这个宿舍也有十五年了，跟传达室的师傅们都成了知根知底的老熟人。

　　田师傅的话在丽华心里炸开了锅。八年了，也该收场了。从儿子肖业上小学二年级到今天已经是高二的学生，自己这出戏一唱就是八年，也到收场的时候了。

　　其实，丽华唱的这出戏真是有点离谱，凡事都有个度，离谱了就叫玩火，玩火者必自焚！可丽华玩的这火，没烧着自个儿，只烧得钱永一家三口遍体鳞伤，没地方喊冤。

　　这事还要从八年前说起。那年，儿子上小学二年级，因为宿舍离市里的学校比较远，丈夫老肖就把上班开着的小车放在

家里，让丽华负责接送儿子上下学，老肖坐班车去上班。

老肖比丽华大六岁，是丽华同学的哥哥。丽华十九岁那年就与老肖发生了关系，等家长发现时，丽华已经怀孕六个月了。双方家长没辙，只能同意他们结婚，婚后四个月，丽华就生下了儿子肖业。二十岁的女孩心智还不怎么成熟就做了母亲。在儿子小时候，丽华在家乡小镇上帮朋友卖点衣服和首饰，家里的事就全由老肖的妈妈代劳。老肖很努力，大学毕业后分配到省台做编辑，有不少女孩喜欢他，可她们不知道老肖的儿子都已经好几岁了。双方家长考虑不能让年轻的夫妻长期分居，就到台里找领导把事情说明白了。台领导很通情达理，也对老肖的工作很认可，有意培养老肖作为以后的中坚力量，正好有位老编辑上调北京，就顺势让老肖把老婆孩子接到了省城。同事和家里的亲友都羡慕丽华一家有福气。

丽华进城后，也曾在电视台的三产门市部干过销售工作，但一个高中没毕业、小镇上长大的女孩，受能力和见识上的限制，职业前景并不乐观。儿子上学后，丽华每天接送孩子，买菜做饭、料理家务，空闲之余就上网聊天，她在网上了解了很多有趣的事情。日子一天一天地溜走了，弹指间，一家人都在发生着悄然的变化。

儿子大了，不愿再与妈妈过多交流。丈夫工作压力大，成天待在单位加班，有时出差一去就是二十几天。慢慢地，丽华就感觉心里有些空落落的。

丽华喜欢上了网聊。在网上认识了一个叫永永的男孩子。丽华的网名叫西西。

永永二十二岁,正在婚恋网上找对象,今天跟这个谈谈,明天和那个见见,总觉得还没找到满意的对象。遇到西西后,永永很主动。西西说:"我只想找个知音聊聊天,不以婚嫁为目的。"西西明确表示自己不缺钱,谈朋友以茶会友,君子之交淡如水,看不起花男人钱的小女生。

当永永把西西这套说辞告诉妈妈时,妈妈说:"这个女孩有品位,过些天可以约到家里来让老妈帮着参谋参谋。"永永的母亲是机关单位退休的党政干部,看人的眼光很"毒"。

于是,一个风和日丽的上午,二十五岁的女孩岳小西到二十二岁男孩钱永家来串门了。小西做了精心的装扮,素净典雅的紧身衣裙衬托着明眉秀目的粉红笑脸很是招人喜欢,说是二十五岁没有任何人会怀疑。

永永妈准备了一桌好菜,席间西西的礼貌和懂事让永永妈赞不绝口。欢喜之余,永永妈跑到卫生间给自己的闺蜜打了个电话,让闺蜜假装来串门,帮着长长眼。

饭后永永拉着西西进了自己的房间,永永妈迫不及待地小声问闺蜜:"你看这个女孩怎么样?"闺蜜说:"各方面都与永永很般配,就是感觉有点太丰满,太成熟了。"

西西终究是生过孩子的女人，脸面上是很水灵，可身体不像未婚女孩那样单薄。

儿子喜欢，母亲也相中，爸爸就不会发表什么反对意见了，一家人就像中了头彩，幸福的喜悦充满了每个人的心中。西西很懂事，每周两次到永永家里来，吃完饭就和永永到屋里深入交流，永永妈就到外边去玩。

一年的时间很快就过去了。永永明显懂事了许多，西西从来不让永永花一分钱，两人相处的环境只限于钱家的单元房。永永妈催着他们出去看看电影，逛逛公园，西西说："现在家里都有电视，不用出家门就什么都能看，不用浪费钱了。以后居家过日子，用钱的时候在后头呢。"

永永不和过去的那些青年男女朋友喝酒聚会了，业余时间和西西一起在网上卖些衣服和饰品。看到西西把永永教育得不光不花钱还学会了挣钱，永永爸妈都觉得是上辈子修来的福气，找到了这么一位好儿媳妇。

原来喝了酒就好耍酒疯的永永爸也改变了脾气，只要西西一来，家里就充满了和谐气氛。永永妈说："西西真是咱家的福星啊！"

西西也就是丽华，自打结识了永永一家人，错让人家把她当成未来的儿媳妇那天起，生活发生了很多变化。一会儿要当老婆和妈妈，一会儿又要演未婚女孩和准儿媳妇，也亏她打小聪明过人,这点故事难不倒她。

又一年过去了。

春节时永永一家去看永永的爷爷奶奶,老人问:"永永今年二十四岁了,谈对象了吗?"爷爷奶奶快八十岁了,等着抱重孙子,享受四世同堂的天伦之乐哪。

永永爸对儿子说:"哪天把西西领来见见你爷爷奶奶,让他们也高兴高兴。"

西西成了钱家三代人的指望和快乐源泉。

西西自己也很快乐,每周都能吃到永永妈精心烹制的美食,什么海参、鲍鱼、燕窝的,这在以前只能随丈夫去参加酒宴时才能品尝到。

丽华的愉悦也让她对儿子照顾得更加细心和有耐心,丈夫出差回来,她也不像以前那样满怀醋意地问长问短了。对于丽华的变化,家人没有什么特殊反应,认为丽华越变越好是因为年龄增长,学会疼人了。又一年过去了,永永一家和丽华一家,都在尽情享受着平安和顺的日子。

永永妈提出要见见西西的爸妈。西西说:"一直以来不便于向阿姨透漏自己的身世,是怕引起永永的误解。其实,我爸妈早已离婚,爸爸去了英国,另娶妻生子,多年断了联系。妈妈是个中学教师,现在的继父在省委担任主要领导工作。不幸的是,妈妈近年患了乳腺癌,一直在北京的医院里做化疗。自己现在除了帮在电视台当编辑的哥哥带侄子,每周都要去北京照顾患病的妈妈。"西西边说边流眼泪。

原来西西是个可怜的女孩,有着不便诉说的难言之隐。永永的父母不再提两亲家相见的话头,只是更加呵护西西,永永妈特意做些好吃的东西,打包让西西带回家给她哥哥嫂嫂和侄子吃。按永永妈的想法,早晚都是一家人,先沟通沟通感情。

在西西和永永相恋第五年时,永永的同学和朋友里就有几个结婚生孩子的了。永永的一个小学同学说:"永永,你可别犯傻,现在的女孩个个都精着呢,西西和你拖着不结婚,肯定是等着碰更好的。哪天找着了,蹬了你,你可别说哥们我没提醒过你。"

永永二十二岁认识了大自己三岁的西西,那是初恋,此前永永对女孩没有任何经验。西西是让永永从大男孩变成男人的老师。永永顺从西西的教导,自从和西西有了肌肤之亲后,永永就认定西西是自己终身的伴侣,永永多次在睡梦中,梦见西西和自己带着儿子去公园散步,到海边游泳嬉戏。同学的话在永永看来是无稽之谈,任何人都不能拿社会上的那些俗事俗情来编排西西。

永永的奶奶身体很不好,爷爷把永永爸叫回家,嘱咐他让永永赶快结婚,了却奶奶的一桩心事。

西西为了表达自己不可能很快结婚的决心,就对永永说:

"我不能为了自己的婚事，不顾病中的母亲。可那是我的事，也不能影响你们家传宗接代。这样吧，咱俩分手吧。你去找对象，找到合适的就结婚。找不到合适的，再来找我也行。"

就这样，二十八岁的永永与西西分手了。

西西又完全变成丽华，内心的失落让她变得焦躁不安，无奈之下，她去宠物市场买了一条黑贝狗，取名叫肴肴。西西暂时把空下来的精力放在了肴肴身上。

丽华完全恢复到做妈妈和老婆的角色上来了。生活中不用再苦思冥想地演戏，可也没人再哄着宠着自己了。丽华又开始注意丈夫老肖的举动了。老肖是个在职场上拼搏多年的中年汉子，出差在外的一夜情避免不了，单位里也有几个红颜知己。可家人就是家人，丽华在家照看着儿子，自己在外打拼才有动力。对于丽华的离谱行为，老肖还真没发现。同事们之间聊天有人抱怨说，整天赶稿子又出差的，老婆大人很有意见。老肖说："看来还是从小的夫妻会体谅人，我们家丽华可从来没有过什么怨言，整天在家任劳任怨的。"

其实，丽华一开始在永永家里扮演西西时，内心也忐忑不安，时间久了，她就想，反正是他们自己愿意的，我也没花过他们家的钱，而且女人和男人上床还不是让男人白占了便宜嘛。丽华这样的思维方式正好与永永他妈的想法一样，永永妈认为，我儿子是男人，吃亏的是西西，不是永永。不过，永永妈在私下里也嘀咕，这两人在一起睡了六年，怎么也没见西西怀上孩子呢？她哪里知道，西西在十九岁生孩子时，医生就给她戴上了避孕环。

世上的离谱之事大多由那些离谱之人所为。

小镇上的女人丽华也是懂一点人伦常识的。她在理智上明白自己这种行为一旦东窗事发，势必会导致家破人散的结局。所以，六年来每见一次永永，她都要事先进行周密策划，生怕遇到熟人。本来安逸舒服的全职太太当得很体面，偏偏碰上这么个不经人事的小青年，让她含在嘴里舍不得吐出来。

这事也怪永永那思维懒惰、爱贪图小便宜的妈妈。现在城里有一种风气，有财迷心理的父母怀着一种侥幸，希望儿子能娶一个富裕家庭的女儿为妻，那样婆家就省钱了。永永妈确信西西是省领导的继女，西西曾说过："我不会花永永一分钱，家里每月给我五千块的零花钱也花不完。"西西对永永妈给他们预备的婚房也不屑一顾，说结婚的房子她妈早已预备好了。儿子有西西管着，永永妈把心放在了肚子里，放心大胆地去跳广场舞了。可光谈恋爱不结婚也不是个办法，于是，永永妈就出主意让永永和她散一回，晾晾她，这么大闺女了，再找个对象哪有那么容易。男孩二十八是朵花，上赶着提亲的人有的是，女孩三十好几了谁还稀罕！这是永永妈的逻辑。

永永妈发动亲朋好友给永永找对象，一周内就要见好几个女孩。每周六和周日都有女孩约永永出去吃饭看电影。这些女孩大都是比永永小四五岁的九零后,又大都是外地来省城读书留下来的本科生、研究生。现在的女孩,读的书倒不少,但观念很新。她们思想开放,只想让自己少走弯路苦路,找对象见面的首要条件就是车子、票子、房子,恰好永永家这三样都不缺,自然一上榜就成了抢手货。

永永成了大忙人,今天与这个女孩看场电影,明天和那个美女喝个咖啡。永永妈给永永的六千块钱不到半个月就花了个精光。

永永爸不愿意了,没好气地说:"永永和西西谈了六年恋爱,咱家一分钱也没花,就是搭上了几顿饭。你现在交的是些什么玩意?这不是给人家当孙头吗?别谈了,再去找西西吧。等,咱们再耐心等她两年,她妈得的是癌症,还能活几年?"

老爸这几句话可说到永永的心坎里了,这些小姑娘,啥也不懂,就知道吃喝玩乐,耍小脾气,哪一个也赶不上西西懂事!

丽华又一次上演西西的剧目,这一次她更有心机了,在她的内心深处平添了几分得意和对永永一家人的鄙视:就想到你们会再来找我的!

丽华的儿子初中毕业了,考上了省城二类高中。儿子读高中的学校就在永永家住的那条马路上。丽华每天早上带上宠物狗看看，开着轿车去送儿子上学。儿子上高中了，个子长得比丽华还高。丈夫老肖升迁当上了总编辑，薪水也涨了不少，丽华在小姐妹眼里绝对是羡慕嫉妒的对象。

七八年来养成的习惯和规矩不能改，西西还是每周两天去永永家吃饭，只是恢复常态后，西西是开车并带着看看一起到永永家。永永妈见西西更加青春靓丽，开着小车养着宠物，一副养尊处优的阔小姐姿态，和那些让永永花钱请吃请玩的九零后女青年相比真是天壤之别。

大领导的千金不可怠慢，永永妈自知已经失足过一次，这次她想将功补过，好好表现，于是西西得到了更有尊严、更有品位的接待。永永见了西西像久别重逢的夫妻，水乳交融的愉悦发自骨髓。

有一天，永永爸下班开车路过丽华儿子就读的学校，看到丽华亲切地拥着肖业往停车场走着，这让永永爸大为不解。永永爸回家后问老婆，知道这是西西在接哥哥的孩子放学回家后，就对永永妈说："他们谈了七八年了，永永去过西西家吗？"永永妈说："没有，西西不让永永去他们家，这不是给咱省钱了吗？"永永爸爸有点恼火，没好气地说："女人就是头发长见识短，现在社会这么复杂，你就敢保证西西不是个骗子！"

永永妈也不示弱，反击说："咱儿子是个男人，这么多年西西没花咱家一分钱,骗啥啊?"

"骗啥?骗小男孩哄着少妇玩呗!"永永爸语气恶狠狠的。

夫妻俩你一句我一句地顶起来,气得正在厨房切菜的永永妈把菜刀一下扔在案板上,说:"烦死了,小的不让人省心,老的也整天没事找碴,还让人过吧!"

不过永永爸的话让永永妈多了个心眼,几天后的一个下午,夫妻俩驾车悄悄跟在西西小车的后面,记住了他们母子二人停车的省电视台宿舍。第二天,永永爸去那宿舍向传达室老头打听西西和肴肴的情况。传达室老头很实在地对永永爸说:"老同志,你说的宠物狗确实有叫肴肴的,它的主人是个三十七八岁的女的,这个女的有个儿子已经上高中了。"

回到家里,永永的爸妈连吃饭的事都忘了,等永永下班回家,一进门就听妈妈急切地问:"永永,你经常和西西一起开车出去,注意过她驾驶证上的名字吗?"

永永说:"有一次开车违规,警察让出示驾照,西西拿了一本驾照给警察看,记得那驾照上的照片是西西的,名字好像叫张丽华。"

妈妈问:"儿子,你从来就没怀疑过西西是个结过婚有孩子的女人吗?"

儿子不紧不慢地回答:"我又不是个白痴,不是你们总催着我结婚吗?我自己根本不想成家立业,都什么年代了?有个女人在身边晃悠着，管她是什么人的老婆和妈呢，先躲过你们的唠叨和亲友的询问再说。"

儿子的回答都快把娘和老子气晕过去了。

其实，永永几年前就从蛛丝马迹上看出了西西的破绽，永永不愿意结婚生子，被一地鸡毛的烦琐家事缠住手脚，这个年代的年轻人大都只想着自己舒服安逸，都想遇事少承担责任，轻松愉快地过日子，多一点力气也不愿出。和西西在一起，凡事都由西西动脑子，自己很轻松。西西懂事也没小姐脾气，在生理需求上也符合永永的胃口。不结婚更好，不结婚就能多玩两年，少受点气，少吃点苦。

儿子是这样想的，爷爷奶奶和爸爸妈妈可不这样想！生你养你，是让你传宗接代的，不能升官发财光宗耀祖就算了，连个后代也生不出来，要你这样的孙子儿子有什么用！

西西是个有家室的女人，西西是个骗子！

永永妈四处打听后证实，省委某领导根本没有西西这个女儿。一种莫大的羞辱感让永永的爸妈彻夜难眠，永永爸把所有的罪责都清算在永永妈身上，怪罪她财迷心窍害惨了儿子，永永妈把自己锁进卧室里号啕大哭，之后又不吃不喝地发了两天愣神。

日子总是要往下过的，儿子该娶妻生子就照章办事。

一周后，永永妈到西西住的宿舍，把西西叫到宿舍的花园里，两人进行了严肃简短的谈话。本来，永永妈预料西西肯定会大惊失色，不知如何应对她的突然到访。事实是，丽华穿着居家服和拖鞋很随意地来到永永妈面前，表情平静地说："阿姨，欢迎你来，到房间去坐坐喝杯水？"

"我不是来喝水的！"永永妈一肚子的火气，自然没好话。

"阿姨，你想怎样就怎样吧。"丽华一副默然的样子。

"我要去找你丈夫，向你男人和你儿子揭露你的丑恶面目。你这个人面兽心的坏女人，可把我们一家人害惨了！"永永妈气得边说话边哆嗦。

"行，一切随你们的便。"丽华还是没有一丁点的惧色和歉意。

"你这个不知廉耻的女人，骗了我儿子整整八年。不能就这样散了，你必须付出代价。"永永妈歇斯底里的样子好像在向丽华讨还血债。

"好，那你看我应该接受什么样的惩罚呢？"丽华的回答让永永妈一下僵在那儿好几分钟没说话。

是啊！杀人不过头点地，这有夫之妇哄骗小男孩跟自己睡觉，该适用哪条法律条文呢？传扬出去这小伙子的损失可就大了！

事情已经发生了，再后悔也白搭。难道让这个女人赔偿儿子的青春损失费？这话永永妈又说不出口，这八年来，丽华没花永永一分钱，倒是给永永妈送过两部功能齐全的手机。

到底是女人啊！嘴巴硬，心肠软。见了面狠狠地骂她一顿解解气，也就这样了。

永永妈和丽华在宿舍的花园中交涉了半小时，最后丽华说："我保证不再与你儿子交往，也希望阿姨告诉永永，请他不要再与我见面，找个安分的女孩，好好过属于自己的日子。"

一段长达八年的离谱纠缠就此画上了句号。

2017 年 7 月 10 日于山东济南

漂 泊

颜萍在外漂泊了十七年,终于回到了祖国的大地上。家就是家,落脚到自己国家的热土上,心里踏实,走路也觉得轻快,见谁都觉得似曾相识。

二十年前那场魂断蓝桥的恋爱彻底改写了颜萍的人生。

颜萍出生在东北抚顺,父亲是抚顺煤矿的工程师,母亲是抚顺市图书馆的管理员。父亲是陕西黄土高原农民的儿子,是靠爷爷种地养猪培养出来的本科生。母亲是山东人闯关东在抚顺落户的第二代。父母都属于新中国成立初期的大学生。知识分子嘛,遵纪守法,老实本分地做好本职工作,按时参加政治学习,到月领工资,维持自家老小的日常生活,没什么值得夸耀的地方。

爸爸是外来人,一个人毕业分配到抚顺煤矿工作,经朋友介绍跟妈妈结婚。结婚后生下了三个孩子,两男一女。颜萍就是那个女孩,而且是家里三个孩子中的老大。

姥姥就妈妈这么一个女儿,姥爷很早就病逝了,是姥姥一个人把妈妈拉扯大的。所以,姥姥从来不让妈妈干任何家务活,只管让她好好念书。妈妈生的三个孩子就像是给姥姥生的，所有吃喝拉撒的家务事全都由姥姥包圆儿了。爸妈只管着上班和画图读书，姥姥是全家的总指挥。在孩子们眼中，爸妈就是两个书呆子，姥姥才是个了不起的女强人。

姥姥是颜萍的启蒙老师，颜萍把姥姥的人生座右铭牢牢地记在了心里："天塌下来由地接着。做人要敢作敢当！"颜萍性格里那果敢和泼辣劲儿，就是在与姥姥长期生活中熏陶而成的。

性格决定命运，这话算条铁律。

颜萍高中毕业后被分配到公交公司当了一名售票员。那是八十年代初期，改革开放的春风还没有深入到东三省。家里有门路的毕业生可以分得一份好工作。颜萍知道自己爸妈的本事，老老实实地在三路车上当起了售票员。

挣钱的活儿没有不苦不累的，人长大了就得学着吃苦受累，挣钱养活自己。那个年代大家的工资差不多，都是刚够每月吃饭的，基本都是月光族，人与人之间唯一可攀比的是，年底看看谁家的大人孩子被评上了五好，墙上比别人家多了张奖状。

颜萍二十四岁那年，结识了比自己小两岁的张祥。张祥喜欢颜萍那爽朗的性格，什么事在颜萍那里都是小事一桩。两人挺对脾气，经常在一起过周末，你来我往的，就感觉谁也离不开谁了。颜萍怀孕了，颜萍的姥姥知道后虽然也骂外孙女没规矩，但见生米已经煮成了熟饭，也就开始给她准备嫁妆。

意外的事情发生了。张祥的母亲坚决反对儿子与颜萍结婚，张母早就许诺她的上司，要让儿子给他家的胖闺女当女婿了。没办法，张祥违抗母命逃婚，住进了哥们的宿舍。颜萍肚子里的孩子一天天地长大，爸妈和姥姥急得像热锅上的蚂蚁。张祥的母亲不管颜萍的死活，拿着户口本私自到民政局，走后门与那上司家的女儿领了结婚证，然后把儿子糊弄回家，强行让他入了洞房。张祥是家里的独生子，从小娇生惯养，没有独立生活能力，拗不过母亲的强悍，只能服软了。

颜萍这时候才意识到事情的严重性。把孩子打掉吧，心里真是舍不得，生下孩子吧，以后的日子会很难过。颜萍没想到自己头一次谈恋爱就遇上了这样的人！

姥姥八十多岁了，经不起折腾，一气之下病倒了，没几天就过世了。爸妈在悲痛之余把怨气都撒在了颜萍的身上。

颜萍的心碎了。

天塌下来由地接着，自己惹的祸自己来承担。颜萍没有再跟任何人商量，怀着满腔的悲愤做了流产手术，然后去单位交了离职报告，给爸妈写了一封离别信，带上自己的行装，毅然决然地告别了生活二十五年的抚顺，投入北京那浩浩荡荡的京漂大军队伍中。

八十年代的北京，就业门路很多。颜萍没有大学毕业文凭，又没有专业技术，开始只能吃青春饭，在夜总会帮着名媛化妆穿衣，端茶倒水。在夜总会，直爽乐观的颜萍，结识了不少来自全国各地的姐妹。

颜萍熟悉的姐妹大多数都来自四川和东北。四川妹子能吃苦耐劳，也能得心应手地对付那些刁蛮的京城少爷。东北妹子，个头大，嗓门高，飙歌劲舞很能吸引那些南方来的阔佬。

在与姐妹们的交流中，颜萍了解到许多骇人听闻的故事，比起她们，自己经历的那点事真成了小菜一碟。

人是要漂泊的，只有不停地漂泊才能找到自己想要的东西。胆怯，懒惰，固守在几辈子混日子的老地方，是永远也发现不了新大陆的。

颜萍从辽宁抚顺漂泊到北京，又从北京漂泊到了阿联酋的迪拜、卡塔尔的多哈，在漂泊中她认识了地球和世界。

颜萍是通过北京一家国际劳务输出中介公司来到迪拜。出国前经过了三个月的突击培训，培训内容主要有两项：一是日常英语会话，二是阿拉伯国家的生活常识和礼仪。日常英语会话对颜萍来说并不难，在初中和高中阶段都学习过英语课程，二十六个英语字母和基本语法一经老师提示，很快就能跟上课程进度。阿拉伯国家的礼仪风俗和吃饭上的讲究，是颜萍往日生活中没有涉及的新课题。

乘国际航班从北京要飞行八个多小时才能到达迪拜。迪拜虽地处沙漠，却也是一个典型的港口城市。当地人最常见的装束就是民族服装，男人是长袍礼帽，女人则用好几丈的绸纱把自己裹得严严实实的，只露出两只深眼窝、长睫毛的眼睛。

颜萍一踏进迪拜这个城市的街道，就仿佛进入了梦幻中的阿拉伯童话世界。没有都市的喧嚣和车水马龙，大街上很安静，偶尔有豪华汽车飞驰闪过，几乎没有行人驻足。

迪拜地处北纬二十五度，冬天不冷，夏天室外气温高达四十五摄氏度，有时甚至超过五十摄氏度。迪拜的经济实力在阿联酋排第一，拥有世界上第一家七星级酒店、世界上最高的摩天大楼，很是阔气！

颜萍被中介公司分配给从英国来迪拜当工程顾问的戴维当营养师。所谓营养师就是全职保姆，负责英国工程师的起居和日常生活。颜萍初见这位五十六岁的英国男人时，心生恐惧。因为在这个家里只有颜萍和英国工程师两个人，看到他身体露出的部位长满密密麻麻的绒毛，个头高大、肚子滚圆的，颜萍禁不住小腿肚子直转筋。

其实是颜萍多虑了。戴维是英国中产阶级家庭长大的孩子，受过良好的教育，大学毕业后成为一名电气工程师，有妻子和两个儿子。现在被英国的公司派到迪拜负责一项在建工程的电气部分。

戴维很随和平易地向来自中国北京的营养师密斯颜介绍家

里各种电气使用和日常需求安排。颜萍在戴维的耐心指导下，很快就进入了营养师的角色。戴维是阿联酋国家请来的专家，所用的设施和电气自然都是国际一流产品。有许多东西，是颜萍在国内从来没见过的。

人，生到这个世界上，吃喝拉撒都一样，但是用的器皿却大不相同。穷了，没讲究；富了，那讲究可就大了。

时间过得很快，转眼间颜萍到迪拜已经半年多了。这半年可是颜萍英语水平突飞猛进的半年，这多亏了戴维的帮助和指点。在生活上，营养师颜萍与戴维发生过无数次争论。为了贪图便宜，颜萍从超市买回了超过三天的鸡蛋和第二天的牛奶，这些都被戴维毫不留情地扔进了垃圾箱。

颜萍说："戴维，你不吃过期的食物，我吃啊！再说什么过期不过期的，它又没坏，吃了又不会闹肚子，价钱可比不过期的食物便宜不少哪！"

戴维淡淡地一笑，说："不吃过期的食物是我的生活原则，不吃就减少了生病的概率。我不吃让你吃，岂不是造成了对你的伤害？"

颜萍在心里暗自说，在中国大陆，许多人连过期的牛奶和鸡蛋还吃不上呢，你也太烧包了吧。

节假日，戴维会和颜萍像一对夫妻一样去购物广场买衣服鞋子。每次戴维都会买回同样品牌、同样规格但颜色不同的几十件衬衣、内裤和袜子。

颜萍发现,戴维的衬衣是根据天气和场合搭配颜色的,但所有的衬衣、内裤、袜子都只穿一次,沾了污渍和汗渍就直接扔进垃圾桶。

颜萍觉得这也太浪费了,英国佬怎么胡乱糟蹋钱呢?没办法,自己是被雇来服侍人的,没有资格对主人家说三道四的,颜萍只能咽下想说的话。

在戴维的家里,颜萍完全颠覆了从小受的各种中国式传统教育。什么艰苦朴素、勤俭持家,都成了与现实生活驴唇不对马嘴的过去式。

戴维是个生理正常的中年男人,虽然待人彬彬有礼,做事一丝不苟,可工作之余他也有男人正常的生理需求。颜萍谈过恋爱,怀过孩子,又在夜总会见识过形形色色的花哨事,所以对戴维每周都有一天不回家来过夜很理解。

工程师戴维和营养师颜萍虽是孤男寡女同居一个屋檐下,却各自守着自己的心理防线,一年间从来没有越轨的举动。

人吃五谷杂粮没有不生病的,颜萍在冬季的一天感冒发烧了,在生病卧床的几天里,全亏了戴维无微不至的悉心照顾,颜萍长这么大,除了姥姥还没有谁对她这么耐心呵护过。病好后,颜萍与戴维成了情侣关系。

月末,颜萍发现自己的工资卡里多了比原来工资高出一倍的薪水。无疑,多出的钱是戴维给的。颜萍心里的感受很复杂,准备和戴维好好谈谈。

现在颜萍的英语水平早已超过十级,与任何英语国家的人交流起来都没有什么障碍。戴维也在颜萍那里学会了基本的汉语对话。

每月到了发工资的时间,颜萍都会面露喜色,好像又中了一次大奖。这次不同,见颜萍严肃的样子,戴维有几分不解。

"密斯颜,不高兴?是我做错了什么?"戴维问。

"戴维,我对你的感情能用金钱来衡量吗?"颜萍反问。

"密斯颜,你们中国的古人说,食色,性也,就是明确地把男女之间的生理需求比作吃饭一样,是调节身体平衡的一种正常需求。感情和婚姻都与人的生理需求有一段距离。婚姻的目的是繁衍,感情的出路是相互愉悦,而男女的性需求在远古时代就有了各取所需的先河。"戴维说的这些话很模糊,颜萍有些听不懂。

"我是一个有家室的男人,离开祖国和家人,是为了赚钱让家人生活得更好一些。但我是一个食色都需要得到满足的人,饿着肚子或生理失调能让肌体正常运转吗?"戴维的这席话颜萍基本能明白了。

"我的工作不可能允许我每周都回英国去跟妻子做爱。所以,为了基本生理平衡,我会去有牌照的红灯区解决个人需求。

现在我们两个相爱了，就不用去红灯区了。但我又不可能与你结婚，不能给你感情上和身体上的归属，所以，在经济上给你一定的补偿以舒缓我心理上的负罪感。"戴维把自己的内心世界和盘托出。

颜萍和戴维有缘在异国相识相爱，互相爱抚着度过了五年。这个优秀的中产阶级男人，让颜萍那颗因爱受伤的心，渐渐复原不再干枯流泪。

工程期满，戴维回到了英国，一段跨国情缘就此画上了句号。而颜萍具有很好的英语沟通能力，又具备发达国家营养师的各项技能，不愁找不到下家。

改革开放以来，中国劳务输出中介公司向世界各国输送了不计其数的男工女佣，但真正能在异国他乡站稳脚跟挣钱的却是凤毛麟角。颜萍就是这凤毛麟角之一。

漂泊者的共同特点有三：一是穷，二是伤了心，三是有过好日子的愿望。故乡情是个永远难解的结。在中国的东北抚顺，有颜萍的爸妈和弟弟，更有她生活成长的记忆，记忆经常把颜萍拉回到曾经发生的往事里。

来到迪拜已经九年了，颜萍一次也没回过中国。只是过一段时间打个电话给爸妈报个平安。通过与爸妈的简短通话，颜萍知道她那两个弟弟已经娶妻生子，大弟弟的儿子上幼儿园了。九十年代末，颜萍资助爸妈在抚顺郊区买了一栋单元房。

看到由于自己的努力让爸妈终于脱离了矿区那陈旧破烂的联排宿舍，颜萍心里第一次感到由衷的欣慰。

石油输出国卡塔尔的首都多哈，离迪拜不远，乘机也不过一个来小时。颜萍来到多哈，六年间在三家多人口的家庭做营养师。这些能雇佣得起外来侍者的家庭，都属于阿拉伯国家的中产阶级。他们衣食无忧，住得很宽敞，每家至少有两辆车，出行与购物分别开不同用途的车子。

在阿拉伯国家的富裕人家中，男人外出工作赚钱，女人只负责在家生养孩子和料理家务。其实穆斯林家庭的营养师很简单，他们大多只吃蒸煮烤的食物，制作起来比较容易，吃饭用的餐具也很好清理。时间一长，颜萍觉得穆斯林的餐饮习惯很科学，荤素搭配合理，热量也够，还不容易发胖。更让颜萍震惊的是，迪拜、多哈这样的阿拉伯城市，当地市民的各项福利待遇都很好。当地市民只要生下孩子，其他的基本都由国家负责供养，一个女人若能生上三四个小孩，一辈子就有了生活保障。

多哈城市人口比较多，没有迪拜那样清净，可城市环境卫生还是世界一流的。汽车过后没有尾气和泛起的尘埃，从来也没见过有谁在公共场所吸烟或吐痰。市民身上穿的长袍扫着地面行走也不见污痕。

颜萍在多哈的最后一个雇主，是来自美国伊州的纽克。纽克是个电子工程学博士，在多哈一家机构当技术顾问。阿拉伯国家的顶端科技权威机构都要聘请发达国家的顶端人才来参加研究。在科技领域里不排外，是阿拉伯国家发展的重要因素。

纽克五十八岁，是一个有着日耳曼血统的混血儿，他高大魁梧，皮肤微红，黄头发黄眼珠，笑起来像头老牛在咆哮。颜萍是个典型的东北女孩，个子一米六二，皮肤细腻，眉清目秀。站在膀大腰圆的纽克面前，真像一个暖水瓶。

纽克是结过婚的，不过常年在外奔波，妻子早已跟他离婚了。颜萍出来快十年了，现在也已年近四十岁，到了不惑之年。

纽克在自己所从事的业务上，很是认真敬业，但在生活上却不那么讲究，属于不拘小节、大大咧咧的男人。与纽克相处，颜萍感觉很随意，说话做事都不用太累心。

纽克从小在美国的伊州长大，是美国的第三代移民，爸妈都是普通工人，家里没有什么财产，过的是美国普通老百姓的生活。从纽克的谈话里，颜萍感觉美国普通人的日子也不比现在中国老百姓的日子好多少。

纽克性情开朗，有什么就说什么，不会藏着掖着。与纽克共处一个月后，颜萍就在这个彪形大汉的说服下，成为他的性伙伴。但纽克与戴维不同的是，在颜萍来例假时还是会去别的地方释放。纽克毫不掩饰自己的行踪，告诉颜萍自己去了哪里干了些什么事。颜萍就像听故事一样地听着。一个离乡背井的抚顺女孩，历经人世沧桑，把世界上男女这点事看得像听个故事、看场电影一样稀松平常了。

在颜萍心里，全世界的男人都一样。英国男人好面子，有绅士风度；阿拉伯男人是大男子主义，把老婆当作私有附属物品；美国男人浪漫随意不靠谱，综合起来不过是为了让生物的躯体不受委屈。各民族制定的道德规范在男人的性欲面前都变得苍白无力了。

人的烦恼来自灵魂的困惑，当把什么事都想明白了，也就心平气和了。见识来自漂泊和苦难，在家门口整天围着那几个人、那几桩事转悠，很难使灵魂变得豁达开朗。

岁月如梭，转眼又是五年过去了。纽克在多哈的任职合同到期了。颜萍四十四岁了。纽克说："萍，你跟我去美国看看吧。"颜萍跟着纽克不光去了美国还去了加拿大。

在纽克的故乡待了两个月，纽克说："萍，带我去中国抚顺你的家乡转转吧。"去就去吧，离乡十四年的颜萍带着纽克回到了中国的抚顺。

颜萍的爸妈都已经老了，退休了。大弟是个医生，日子过得还不错，不用爸妈操心。二弟下岗在家待业没有经济收入，索性带着上小学二年级的儿子与媳妇住进了爸妈家，一家三口成了啃老族。颜萍回家没地方落脚，索性和纽克住到了宾馆里。

别看十四年来爸妈都没有问过女儿从事什么职业,钱是怎么挣来的,日子是怎么过来的,可今天冷不丁地带来一个外国老头,就碰触了他们的某根神经。

在与亲友家人的聚餐中,颜萍就感觉到众人眼里的那些疑问。

"纽克是美国人,是我在多哈的朋友。"颜萍向亲朋家人介绍纽克。

"朋友,朋友。我是萍的朋友。"纽克用蹩脚的中国话向大家示意。

颜萍是经历过大风大浪的人,对付这些从没出过国门的人简直是小菜一碟。但弟妹的一番胡搅蛮缠却让颜萍彻底伤透了心,一分钟也不愿在这个家里待下去了。

那天上午,一家人在一起聊天。说到有许多国企职工下岗待业时,小弟满腹牢骚,颜萍就劝小弟说:"天底下哪有饿死活人的。现在改革开放了,政策很宽松,自个儿做个小生意也比在家待着强。"

没等小弟搭茬,小弟媳妇就迫不及待地说:"姐,你这些年出门在外,家里的大事小情可都是你小弟包圆儿的,爹妈一年比一年老了,身边离不了人照看,我们都出去干买卖了,爹妈有个病谁来照看?"

颜萍是个直性子,这几天跟妈聊天,耳朵眼儿里就灌满了妈对小弟媳妇的不满意，今天又听小弟媳妇一番强词夺理的说辞，就按捺不住内心的烦躁，没加思考就顶出来一句话："天底下就没有两全其美的好事，别人家的儿子就都为了照顾父母不去上班干活吗？一月两月地吃老人的退休金可以，时间长了日子还有法儿过吗？"

小弟媳妇也不是有教养的人，马上站起身来，指手画脚地反驳说："姐，你言外之意是我们一家三口赖在爹妈这里吃闲饭了？好，从今天开始，我们回自己家去找工作干买卖，伺候老人的活儿就拜托给你了。"说完就收拾东西拉着小弟往屋外走，边走边嚷嚷着说："你以为你是个什么好东西，一走就是十几年，挣的那些钱也不过是跟外国男人睡觉得来的赏钱！"

小弟看着自己的媳妇胡闹，却窝囊得连句话也说不出来，愣是跟着媳妇走了。

在这场家庭风波中，颜萍的爸妈像是两个局外人，麻木地坐在各自的椅子上，平常跟颜萍絮叨的老妈也没了言词。原来，两位老人见惯了小弟媳妇耍脾气使性子的场面，只能怪自己生的儿子没本事，连个家都撑不起来，媳妇整天埋怨自己嫁错了郎，儿子再没本事也是自己的儿子，不能眼睁睁地让他们一家三口挨饿受冻吧。再说还有小孙子，当爷爷奶奶的一看见活蹦乱跳的小孙子就从心里乐呵。

不管以后会是怎样的情况，反正现在小弟把照顾爸妈的挑子卸下，一股脑塞给了大姐颜萍。

当纽克弄明白颜萍家里发生了什么事情后，这个美国老头很兴奋，他对颜萍说："萍，我很喜欢中国，我可以用我的养老金来解决你们家的经济问题。只要你愿意嫁给我，剩下的所有问题都由我和你一起面对。"

颜萍却一改原来的态度，非常严肃地对纽克说："我们家的事情不用你参与。我也不会嫁给你，希望你以最短的时间买机票回美国。这是对我最大的帮助。"

颜萍知道，她父亲心里是一万个不同意女儿嫁给这个比她大十五岁的美国老头的，真要是嫁了，还不如永远不回家见爹妈。

纽克是个懂事的人，见颜萍执意要自己处理家务，就迅速买好机票回美国了。临别时，颜萍和纽克在机场拥抱告别。这也是他们最后的拥抱。

东北的十月，秋风瑟瑟，让颜萍感到了一股透心的凉意。身体的不适应和精神上的伤感，都促使颜萍想要快速离开抚顺这座北方煤炭之城。颜萍的妈妈舍不得丢下孙子跟着女儿去漂泊，老爸在女儿的劝说下，跟着女儿颜萍离开了生活近五十年的地方，到外边的世界去体验另一番无奈与精彩。

那是二〇〇三年，社会上流传着一句口头语，叫外面世界很精彩，外面的世界很无奈。

颜氏父女俩先是到了四川的攀枝花，又到了云南的腾冲，觉得那里的养老机构虽然不错，风景也美丽宜人，但不是自己想找的那个地方。

人的内心其实很微妙，不管是找朋友还是找对象，或是到哪一个地方旅游，都有对眼不对眼之说，选房子也是这样，都要讲究个眼缘。你到底想要个什么样的，用语言还真无法形容表达。

相不中就再继续找。父女俩又来到了广西的北海，并随旅游团去了长寿之乡巴马，在巴马的百魔洞，他们看到来自全国各地的癌症患者每天在洞内练功吸氧，促进康复。

颜萍和父亲又从北海乘客轮越过北部湾来到琼州海峡，落脚在海南岛的海口。这是父女俩第一次踏上海南岛的土地。十一月的海南，金风送爽，温暖湿润的海风舒缓了父女俩一路上的疲惫。在这个与大陆遥遥相望的岛屿上，冬天不再寒冷，永远的绿意覆盖着岛上的每一寸土地。

颜萍和父亲都感觉这就是他们一直要找的地方。他们住了下来，到岛上的每一个地方去感受亚热带的风土人情。

海南岛上的气候以牛岭为分界线，牛岭有一个小岛叫分界洲岛。牛岭以北的海口跟牛岭以南的三亚的年平均温度相差五度左右。到了冬天，受大陆冷空气的影响，海口十二度时，三亚还能维持在二十四度左右，相差着十几度。东三省的候鸟们大都选择三亚作为越冬的栖息地。但三亚靠海边，空气潮湿，患有支气管病的老年人会感觉呼吸有些困难。五指山就成了北方越冬候鸟们最可心的地方。

五指山是海南的心脏，原名叫通什，是原海南自治州首府所在地。五指山地区的森林覆盖率达百分之七十五，是个典型的"绿色生态"旅游城市。

人在不同时期对生活环境就有不同的需要，颜萍现在需要的是一个冬暖夏凉、空气清新的地方，一个让父母和自己颐养天年的地方。五指山正是她梦想中的那个绝佳之地。

经过一段时间的考察，颜萍在市郊买了一处一百多平方米的单元房，这也算是漂泊多年的一个满意归宿吧。房子收拾妥当，颜萍让大弟把妈妈接来一起住。从出生到四十六岁，颜萍第一次为生她养她的爸妈做一次营养师。

爸爸喜欢读《参考消息》，喜欢把爱读的报纸内容剪下来做成剪报，一本一本地做得很认真。妈妈喜欢读《小说月报》和《读者文摘》，闲余时间摆弄些花草。五指山属于亚热带季风气候，随便在哪儿都可以弄到自己喜欢的花草，就是往地下插根枝条也能长成一棵树。

爸妈是新中国成立初期的老知识分子，对生活的要求不挑剔，跟着女儿享受天堂一般的生活真是心满意足。

这样的好日子过了一年半，爸妈开始想家了，思念自己儿孙的苦滋味胜过了品味北纬十八度原始森林甜美气候带来的闲适风情。在夏季的一天，颜萍送爸妈回到了抚顺。

回到东北的第二年，颜父就患病去世了。老妈害怕去了海南再也无法看到儿孙，拒绝了颜萍的请求，坚决不再去五指山。偌大的单元房只剩下了年近五十的老妇女颜萍。尽管五指山的美景秀丽无限，也抵挡不住年过半百的漂泊妇人颜萍内心里的孤独和寂寞。

五指山好，五指山美，但人烟稀少，商业气息很淡。都市的繁华源于人口的聚集。人少，适合于六七十岁以上的老人养生，不适合对都市繁华还恋恋不舍的五十岁露头的漂泊妇人颜萍的生活习惯和心气。颜萍把五指山的单元房租了出去，打点行装去了三亚寻找自己想要的生活。

三亚，中国这个热带海滨城市，原来只是一个小渔村，现在却包容着全世界的北方越冬候鸟们。漂泊走过了大半个世界的颜萍，在这个极具包容的城市里找到了自己身体和精神所需要的营养。

祝愿漂泊的人们在漂泊中找到自己所想要的东西。

2017 年 7 月 17 日于山东济南

霞　子

霞子姓钱，爸妈给她取名叫钱霞，小名叫霞子。

有人说，这女孩的名字取得有意思，连起来不就成了钱匣子了吗?!

钱匣子有啥不好的？大人不都盼着自家的孩子长大后成为搂钱的耙子、存钱的匣子吗？

钱霞子，多敞亮、多吉利的名字啊！

一

霞子小时候，各家都很穷，经常是吃了上顿没下顿，有的小朋友因为没饭吃，会饿晕在课堂上，所以班上的同学都面黄肌瘦的，没有一个肉多的胖子。

霞子七岁时就开始拿一把锤子砸石子挣钱了，霞子的游泳衣和学杂费都是自己砸石子挣钱买的。

霞子十五岁那年就去了内蒙古生产建设兵团，除了吃饭穿衣，还能每月往家里寄六块钱，那时一个人每月的生活标准是八块钱。

像霞子这样从七岁就能挣钱养家的孩子还真不少,每家两个大人生七八个孩子,拿什么养活呀?孩子就得从小干活,看弟妹,挣钱养家。

霞子二十一岁时回到了成长的城市,大漠七年的军垦生活,把一个不懂世事的少年娃改造得有点戈壁草原风格了。草原风格是啥模样?草原风格啊,就像城里人说霞子那样的:没心没肺,想说啥就说啥,不管不顾的。

霞子,这个七岁就砸石子挣钱,十五岁去内蒙古大漠,二十一岁回城进工厂的闺女,她怎么才能从钱霞子蜕变成钱匣子呢?

二

霞子的父亲是个参加过抗战的老兵,母亲从小失去了爹娘,跟着乡邻闯关东,新中国成立后才回到家乡。这样的夫妻生下的孩子天生就有几分野性。

霞子的父亲在孩子面前说得最多的话就是,要好好学文化,没文化就是个睁眼瞎,累死也只能当个马前卒!

只在"文革"前读过小学四年级的霞子,在二十五岁那年嫁给了国营大厂的钳工汝林,第二年生下了一个女儿,本以为这日子就这么不咸不淡地混下去了，谁知这时候改革开放了。很多在一九七一年以后进入初中高中读书的毕业生重新回炉，进行业余学习。

喜欢读书的霞子被卷入了业余学习的大潮中，白天上班，晚上上学，星期天继续上课，这种日子一下子过了五年。霞子圆了上学的梦，虽说工作、学习、带孩子、做家务，忙得脚不沾地，但她觉得日子好像有了盼头，不像以前那样甘心一辈子只当丈夫的老婆、女儿她娘了。

但丈夫汝林却很不高兴，一个女人上那么多学干吗？每天晚上做功课都要熬到夜里十二点以后，图啥？！

充实活着的霞子又鼓励男人承包饭店和装修公司，男人很聪明又能干，两三年后小夫妻俩成了方圆厂区的万元户。许多朋友邻居既羡慕又嫉妒。

因为太忙，每天饭店关门后的现金收入，只能用报纸随便包起来，扔在男人睡觉的小床底下，等哪天抽出空闲来清点营业收入时，那一包包的现金都生出了绿毛，霞子数钱数得都头晕恶心。

霞子一点也不喜欢床底下那发了霉的钞票，但很愿意享受赚了钱以后的感觉。那是一种踏实和满足的感觉，区别于考试成功和看电影后的另一种喜悦。

男人有钱了，没钱的女人闻着钱味，就争相扑进有钱男人的怀抱，男人享受着老婆以外的女人带给自己的快乐和柔情蜜意，全然忘却了自己的老婆为赚这点钱，累得皮包骨头站着都能打盹睡着。

钱是个惹祸精，霞子懊悔了，干吗拼了命地挣钱，引来了这么多的麻烦！她决定离婚，眼不见心不烦！可男人坚决不离，跟外面的女人也坚决不散。没办法，霞子只好以家财换自由，带着女儿净身出户，把十三年苦命挣下的家业留给男人。

霞子，搂钱的耙子，存钱的匣子，在三十六岁那年又成了一个身无分文的穷女人。

三

离婚了，自由了。霞子的父母接纳了外孙女，孩子有了着落，霞子回到原来上班的工厂，住进了厂里的女工宿舍。

把老婆孩子净身清理出去了，汝林应该放心大胆地跟情人去相会了吧。不然，汝林虽说得了巨额家财，可一想起跟自己在一个屋檐下生活了十多年的老婆，竟然一分钱也不争就决然分手了，刚离婚时占了便宜的喜悦，很快就被一种撕心裂肺的羞耻感所取代了。离婚，特别是有了孩子以后再离婚，对男人同样会造成极大的心灵创伤。

男人为了满足那点私欲，丧失理性，损害了妻儿的尊严，落得一个家破人散的下场，值吗?!

四

霞子上了十年的夜校，获取了一张大专毕业文凭，加上那几年干饭店干装修积累的经验，回单位后很快走上了领导岗位，撑起了一片天。

国企改革的前夜，工厂入不敷出，产品没有销路，几百个在职的、退休的职工都等着发工资养家糊口，霞子没办法，只好配合厂领导去银行贷款办起了饭店宾馆，这样起码能让一部分职工有饭吃。

霞子白天黑夜都在厂里，开动脑筋想尽办法，把三产经营得风风火火，局里还将霞子的三产公司树为模范单位。这下招惹了退休的工人，他们写匿名信状告霞子挪用了他们的退休金办了三产，又状告霞子与书记、厂长贪污公款。霞子从来就不懂巴结上司、看人下菜碟这件事，想想一个连自个儿的男人都不会哄的女人，怎么会走好上层路线？

三年后，霞子办的三产赚钱了，上层和职工中的一些人眼红了。一个夏日的傍晚，两个戴大盖帽的检察院执法人员将霞子押上警车，带到了区检察院的审讯室。

霞子愕然，看来这世上的生意不是好做的，上次做了六年的生意赔上了个家，这次做了三年的生意，又被抓进了检察院，真够背的！

在审讯室里，霞子被刺眼的白炽光灯照着，还被戴上了测谎仪，有三四个检察官轮番对霞子进行审讯。就这样，整整一夜，不让喝水不许睡觉，让霞子回答一百多个莫名其妙的问题。直到凌晨五点钟，检察官累了，霞子也靠在椅子上睡着了。

早上八点，一位长者走了进来，他十分和蔼地对霞子说："我们用三个月的时间对你所负责的公司财务进行了审查，没有发现任何问题，把你请来是做最后证实的！"

一会儿，昨晚审讯霞子的于科长也来了，他握着霞子的手，说："大姐，我办案十七年了，抓一个准关一个，像你这样的一个也没碰到过。对不起！"

霞子在检察院的审讯室里度过了终生难忘的十六个小时，她始终是一头雾水，自己每天埋头干活，挣钱养活国企职工，招谁惹谁了？后来她才明白这是代人受过，有人在搞内斗，想在她身上找个突破口。这远不是霞子这种心地单纯的人能想象得出来的。

霞子伤心了，毅然决然地离开了那个鬼地方。那年，霞子四十一岁。

五

霞子离开国企后,在一家大型私企谋到了一份职业。那是一九九六年,成功的私企已经运营了十年,大批的国企下岗职工和院校的莘莘学子都涌入了新兴资本家的门楼之下。

私企是赚钱的地方,谁有本事给老板创造经济效益,谁就是老大。在私企,没人拉家常、看报纸、喝大茶,老板花钱雇的是能挣钱干活的劳力,人人都把刀磨得锃亮,争分夺秒地杀敌立功,月末好把赏银拿回家过日子。

一个身无分文还带着个孩子的中年女人,在私企里讨生活,哪敢有半分的懈怠。霞子勤勤恳恳、踏踏实实地卖命干活,过了几年辛苦而踏实的日子。

私企进入了裂变时期,一个热门产业分化出了十个、二十个同类企业,呈现了恶性竞争的局面。在私企的大裂变中,霞子一跃成了股东,拥有了一份股权。这份股权无疑是这个背篓女人的一份寄托。

把工厂当成自己的家,霞子能吃苦,懂理财,肯礼让,配合着生产技术销售,把财务行政搞得妥妥帖帖。几年后,霞子赚得盆满钵满。

在私企十年的日子里,霞子出了大力卖了苦命,也挣到了比普通劳工多许多的钱。这些血汗钱挣得辛苦，花得踏实。霞子为老妈和孩子买了新房，配了新家具，心里有了几分宽慰。这是属于她自己的成果，清白得透亮，不夹杂任何的污渍和嫌疑。完全自立的霞子感到了一种前所未有的满足。

这十年里，霞子干的都是财务主管，对人性的丑陋和贪婪看得入木三分。员工拼命干活争取个人权益，是为了养家糊口，无可厚非。老板开厂是为了剥削他人赚取剩余价值，赚了钱好去世界各地旅游，享受各色人生，也是人性的本能。最让人不能理解的是男人之间的较劲与掷气。企业挣钱了，每个股东和领导都觉得自己功不可没，争名争利，争话语权！有美国硅谷的博士后，有中欧研究生班的高才生，什么道理都懂，就是要骠着劲地斗个你死我活，任霞子磨破了嘴皮子，也白瞎！愣是把好端端的一个企业，斗垮了，搅黄了。

霞子，这个搂钱的耙子、存钱的匣子，又一次失望了。

欲望是任何人都难以跨越的沟壑！

六

霞子开始了又一次逃离。

其实，霞子一次又一次地放弃原来的生活方式，重新选择另一种全新的生活方式，是对生命潜能的挑战，也出自人性那喜新厌旧的本能。

霞子来到了南海的岛屿上，开始了亚热带原始森林中的垦荒种树生涯。用三块石头支一口铁锅，点燃野草树枝煮菜煮饭，用彩条塑料布搭起个窝棚，铺上块三合板当床睡觉。白天带着黎族老乡刨坑种树，晚上坐在大山的石头上数星星，中午累了就找个树荫打个盹儿。渴了就喝口山泉水，饿了就吃上一碗半干半稀的白米饭。平时有黑子做伴壮胆，一种回归大自然的原生态生活，似乎安慰了霞子那颗受伤的心。

黑子是霞子在集市上买来的一条小狗。那日，霞子用六十块钱买了阿黄和黑子两条没出满月的小狗。阿黄是条母狗，仗着黑子是自个儿的兄弟，总是欺负黑子，每次喂食都是阿黄吃饱了才轮到战战兢兢的黑子张嘴。

霞子喜欢懂谦让的黑子。人和狗是极好沟通的，因为狗没有太多的欲望。黑子知道霞子喜欢它，总是跟在主人身边，心甘情愿地为主人开道守门。

三年过去了，荒山变成了层层梯田般的小树林，看着这一万多株幼年的小树苗，霞子露出了欣慰的笑容。

三年多，一千二百多个日日夜夜，霞子花光了所有的钱，耗干了身上仅存的那点血气。

要让这一万多株幼苗活下去，霞子就必须像当年抚养孩子那样，去找地方挣钱，五十三岁的老妪踏上了回都市找钱的路。

在桂林火车站，一辆开往汉口的空调快车已经开始检票了，霞子找到值班站长，问："这列火车还有票吗？"

站长说："有票，始发车。"

霞子第三次来到了售票窗口，对年轻漂亮的售票员说："我买这辆去汉口的火车票。"

售票员说："告诉你几回了？没有！"

霞子说："站长说有！已经开始检票了！"

售票员厉声呵斥道："那是空调特快！你买得起吗？"

霞子问："多少钱呀？"

售票员回答："六十七块钱！你有吗？"

霞子坐在空调特快列车整洁松软的座椅上，有两个逃票的人身上穿着破衣旧衫，面容又黑又瘦，坐到了她旁边的空位上，其中一个人很亲切地说："阿姐，我们是一样的！"

霞子问："你俩是哪里人？去汉口干什么？"

"我俩是越南逃荒的难民，去汉口讨饭！"

霞子，一个私企的高管，一个有房有车有灵魂的成功女人，在北纬十八度的亚热带原始森林里开荒种树，过原生态的日子，只三年时间，就蜕变成了一个活脱脱的南方乡下老妇女，一个形似难民的乞丐。

生活啊，你真能造化人！

七

  为了养活那一万多株小树苗，霞子接手了一个地处边远山区县城的地产开发项目。

  这是一个运行了六年内忧外患的烂摊子，大老板让霞子来干，不过是死马当活马医，碰碰运气罢了。

  霞子给大老板要了财务人事的生杀大权，展露出在原始森林里垦荒种树时的坚韧与淡定，在气势上镇住了地产开发项目上的那群刁蛮剽悍的野汉子。她更是身体力行，平时都住在工棚里，冬天冻个半死，夏天热得头昏。秋夏山洪暴发，工棚被雨水淹没，清理污泥浊水都要一个星期。霞子永远都战斗在第一线，每天累得都想坐在地上不再起来。霞子用了六年的时间完全扭转了亏损局面，一座全新的现代化社区投入使用了。

  霞子为大老板赚得了钱，自己也养活了那一万多株小树苗。幼苗经过无数次的锄草、施肥、灭虫、剪枝，长得高大挺拔。

  钱是靠智慧和体力挣出来的，更是国家政策给的！算是霞子命好，苦点累点的，总算没有白忙活。

  别人放假休息，睡懒觉喝大茶，霞子休假就赶着去万里外的海岛大山里，操心费力的事情一大堆，几座大山等着霞子去检阅哪！

多少个夜晚,霞子都是在机场候机厅度过的,她舍不得坐白天的飞机,只是为了节省时间。真是应了民间那句俏皮话了,有时间没有钱,有钱却没有时间。那六年,霞子的时间都是分秒必争的,寸金寸秒寸光阴!

世上没有捷径,一个普通老百姓,要想干成一件大点的事,就得豁着命地奔忙操劳。霞子运气好,赶上了好时候,不然就是豁上老命也白搭!

八

霞子运气好,是搂钱的耙子、存钱的匣子,干什么都挣钱,难道霞子没干过赔钱的事吗?

是人都有走运和背运的时候,就像失败是成功之母那样。霞子推着地排车在集市上卖鲜鱼,一个星期就赔上了一个月的饭钱;霞子帮着小妹开饭店,半年就赔上了两年的薪酬;霞子为给山上的黎族老乡发工钱,把老妈的退休金都用上了,一家人过春节只有三百块钱……

认识霞子的亲友都说霞子太傻,太耿直,遇事一根筋,老跟自个儿较劲,认为这世上不黑则白,缺少灰色地带!任凭旁人怎么说,山难移性难改,一人一命,谁也改变不了谁!

霞子挣钱了,家里家外的亲人都沾上了光,多多少少地改善了生活条件，战友同学也跟着享受些免费的聚餐娱乐，闲暇之余，猜测妒忌就生出来了，怎么她一个女人就能干这么大的事，挣这么些钱呢？这里面肯定有道道！女人嘛，总会靠色情或甜言蜜语来赚取男人的支持！

霞子是长得有模有样，有个头，也有气质，但这个女人挣钱全与色相不沾边。离婚后的这二十多年里，霞子遇到过许多类型的求爱者，名校毕业的文学青年追求她，他们喜欢霞子的气质和品貌，但霞子觉得这是一种永远停留在书画中的遐想。霞子身边更不乏高官富商，他们有家室，妄想成为这个会赚钱、有头脑的女人的情侣，霞子把他们定格在能说说心里话的老兄老弟的位置上。

霞子认为，女人赚钱靠的是知识、能力，不是色相和器官！

历经百事百态后，霞子也老了，不愿想也不愿干了，干脆把绿树成荫的山林转让了，卸掉一切枷锁，凡与挣钱有关的事都让它成了过去式。

在自己的大房子里，弹琴，唱戏，看小说，烦了腻了，到世界各国去走一走，在国内风景区逛一逛，再闷了，就与女儿外孙们聚一聚。霞子已经六十五岁了，如果还为挣钱忙活，那可真成了个执迷不悟的大傻瓜。

年轻的霞子是个十足的呆子，只认读书与工作；中年的霞子成了头拉磨转圈的驴子，满身心都放在了商战的角斗场上；老年的霞子却成了一个没心没肺、只认吃和玩的傻子！

傻了好，把过去的亏空都补回来，该吃的，该玩的，想听的，想看的，都尽量把它找回来。

霞子虽说也算是个女人，但她永远不是男人盘中的菜和碗里的汤，霞子属于那大江大河、大山大川、大海大洋。

傻瓜霞子享用的是她过去生命的果实。

2018年1月7日于海南五指山

异地高考

小海随姥姥、姥爷来到海南岛上的翡翠城定居已经是第五年了。眼见今年夏天就要参加高考了,到底是回河北老家考,还是留在海南考,还没个准确的说法,搞得小海心里很不踏实。

小海自己有一间睡觉加学习的房间,一张一米二的床,一张电脑桌,外加一把椅子,还有几个存放书本的纸箱子,简单明快,反正在海南没有严冬,东西够用就行。

姥姥、姥爷各住一间居室,中间的餐厅与客厅没有隔板,平时一家人吃饭、看电视都聚集在中间那个大屋里。

小海躺在自己那张小床上,破天荒地没写作业也没玩电脑游戏,眼睛直愣愣地瞪着天花板想心事。人家其他同学临近高考,爸妈都非常重视,给孩子找辅导老师开小灶,增加各种营养品,生怕孩子错过了人生的关键机会。自己呢?没人管没人问的,只有姥姥一个人为了这件事着急上火地掉了好几次眼泪。

高考对每个高中毕业生都是一次重要冲刺。高考前的倒计时摸底考试，把学生和家长的神经都绷得紧紧的，每年都有不堪重压的考生患上抑郁症。

小海是个很懂事的孩子，清楚自己比不了其他同学。

小海的妈妈是姥姥、姥爷生的第一个女儿。妈妈虽说聪明漂亮，读书也很用功，但小时受过惊吓，落下了羊角风的病根，吃了许多偏方也还是会不定时地犯上一次病。爸爸是满族八旗人的后代，身材高大，性格豪爽，但沾染上了赌博的恶习，为了帮爸爸还赌债，姥爷只好把做塑料花的工厂卖了。姥爷说，人世间的五毒，吃喝嫖赌抽，爸爸就沾了四样，就差没抽大烟了。

小海对大人之间的矛盾也弄不太明白，从小就是在这种吵吵闹闹、打打摔摔的氛围中长大的。但不管怎么样，小海由姥姥呵护着，一顿也没饿着，衣食无忧，冬暖夏凉全占着了。

为了避寒，更为了躲开那不争气的女儿女婿，五年前姥姥、姥爷整合了老家的积蓄，带着小海漂洋过海来到了海南岛上的翡翠城扎下了营盘。

临离开爸妈前，姥爷让小海自己选择是跟爸妈留在老家，还是随姥姥、姥爷去海南，小海连个磕巴都没打，就跟着姥姥、姥爷登上了北京开往三亚的火车。

姥姥搂着哭成个泪人的妈妈说："孩子呀！这就是你的命呀！我和你爸豁上老命把小海拉扯成人，你就跟你男人在家熬日子吧，过成啥样算啥样吧！"

这一别就是五年。

小海在翡翠城二中上完三年初中又上高中，爸妈一趟也没来看过姥姥、姥爷和小海，只是每月通两回电话。前两年，每次跟妈妈通话，姥姥还常抹眼泪，骂爸爸是个狗改不了吃屎的败家子！近两年情况好了许多，老家扫黄打非，端了赌博的老窝，爸妈都在城里找到了就业岗位，爸爸戒了赌钱的毛病，妈妈的羊角风病也很少犯了。

爸妈想儿子，想让小海回到他们身边去。姥姥、姥爷倒也没啥意见，眼见小海就要参加高考了，户口又不在海南，回老家上学既满足了爸妈思儿心切的需要，又顺理成章地在户口所在地参加高考，省去了许多手续上的麻烦，姥姥和姥爷也能歇歇心。

一家人上下都愿意，就是小海坚决不愿意。小海为什么不愿意回北方老家了呢？那是因为这个十七岁的少年已经习惯了海南岛上的生活。

在翡翠城，夏天的晚上也要盖床小薄被，晴天烈日下暑热难耐，但只要在树荫下或房间里，就十分清爽宜人，连空调电扇也不用开。冬天最冷的几天也就穿件毛衣，其他的日子与夏秋毫无差别。

更让小海心安的是，同学都是海南本土长大的孩子，攀比心很弱，谁也不会瞧不起谁，小海在班里还算得上是富裕家庭哪。

几年下来，小海已经忘记了妈妈是个羊角风病人、爸爸是个赌徒的家庭背景，一年四季穿着校服和拖鞋轻松上学读书的日子，比小时候在老家过的那种夏天热死人、冬天冻死人的感觉好一百倍。

海南岛上的人际关系相对简单，学生除了上学和完成老师布置的作业，很少有谁再让孩子上课外辅导班的，不像内地的大人，把自己这辈子实现不了的愿望都强加到孩子身上，有的家庭把三辈子实现不了的宏伟蓝图都寄托在一个小孩身上，压迫得小孩连喘气的空隙都没有，那叫一个苦哇！

小海坚决不回老家高考，只能考虑留在海南参加高考了。小海的姥爷打听到，户口不在高考本地的考生，只要有连续三年以上在本地学校学习的资历，就可以在所在地区的学校参加高考，但为了不与本地户口的考生争一本的名额，不论成绩分数高低，一律只能报考二本以下的高校。这个规定一下就把小海挡在一本优秀高校门外了。

姥爷认为还有救，因为他也听到有消息说，对考生监护人在海南投资办企业超过二百万人民币的择情考虑。他认为这条为吸引移民投资的规定给小海带来了一线希望。

姥姥两年前认识了一个从河南"太极之乡"来的太极拳

高手。这人经常出现在广场上,他的拳术柔中带刚,腿脚灵活,又能说会道,没几日就在老头、老太太们的晨练场上获得了一席之地。

姥爷也是个太极迷,可练了好几年也没多大长进。姥爷主动向太极高手请教,一来二去地弄明白了这人的来历。两人挺投缘,越聊越近乎,大有相见恨晚之势。

太极高手姓邢,在老家担任乡党委书记,因从小生长在习武之乡,练得一身漂亮的太极武功。这次是受堂弟委托,来翡翠城负责一个房地产开发项目。

邢总的开发项目在距离市区三十公里外的旅游区,为了方便进城办手续和采购生活用品,需要在城里租一处办公居住用房。不等邢总开口,姥爷就自作主张,把姥姥外甥女买的一处单元房以最优惠的租金租给了邢总。

姥姥对姥爷的行为不太满意,说:"才认识了几天呀?也不交一分钱押金,还新买全了电器家具,图啥?"

姥爷说:"你懂个啥?咱这回是碰上财神爷了,邢总在海南注册了两个公司,一个是注册资金五百万,另一个是一千万,处好了还愁咱小海异地高考的事解决不了?有枣没枣先打上一竿子再说吧。"

姥姥半信半疑,就那天姥爷叫邢总来家里吃饺子时,问了一句。邢总十分爽快,答应将五百万注册资金的公司股份中的二百万转到姥爷名下,等小海高考落实后再转回去,不就是办个手续吗?!一家人苦恼半天的麻烦事,到人家邢总眼里就成了小菜一碟、小事一桩,还是有钱办事有底气。

小海听了姥姥传达的话,心里踏实了,学习上更加努力,好像名牌大学和一本专业胜券在握。

姥姥过段日子就催姥爷一回:"老头子,问问邢总什么时候把那二百万的股份转过来。"

姥爷是个要脸面的人,不好老跟邢总说这个事,就琢磨着能再为邢总提供点什么方便。人家都能来海南岛注册公司搞房地产开发了,肯定不是什么等闲之辈,不缺钱也不缺关系,那能帮上啥忙呢?

姥爷煞费苦心地瞅着有什么机会。一年多过去了,姥爷还真逮着了个表现诚意的好机会。

邢总每周都有几个上午在广场上练太极,时间一长就结交了一群妇女。邢总是个开发商,有钱又打得一手好太极,关键是说话能说到人的心坎里去。邢总特别看好海南当地的文老师,讲话羞羞答答的,太极剑舞得也不错,关键是年龄不过五十岁。文老师没出过海南岛,她身边那些老候鸟都是些年过花甲的老头子,只有见了邢总以后,心里才产生了一种爱慕和崇敬。

也说不准从什么时候开始,邢总和文老师就走在一起了。

姥爷是个独自在义乌做过商品销售的生意人，别看自己家的事处理得不咋样，但像男女偷情的事并不外行。邻居新疆老太在水岸青城有一户小居室，姥爷跟姥姥商量后，决定由姥姥出面把新疆老太家的房间钥匙要到手，就说替她看房子，有好的租户就出租。新疆老太觉得姥姥人挺实诚，又都是邻居，也就放心大胆地把水岸青城的房间钥匙交给了姥姥。

姥爷把水岸青城的房间钥匙小心翼翼地送到了邢总手里。两个饱经风霜的老男人会心一笑，没有一句多余的话语。就这样，邢总有了一个金风雨露的偷欢小窝。

姥爷巴望着那二百万元的股权快点转到自己名下。

姥姥侍候着小海进入紧张的高考前的最后冲刺。

离学校统计考生户籍时间只有一个月了，邢总突然出差了，姥爷快把电话拨坏了也没联系上。不管小海一家人多么焦急上火，可邢总愣是音讯全无。

学校统计考生状况的截止日期过去半个多月了，姥爷接到了邢总从河南老家打来的电话，邢总说前些日子他患了眼病，动了手术，在医院住了一个多月的院，现在刚能下床走路。

姥姥气得没好话，说这人就是个骗子，怎么偏到该用他办事的时候生病住院呢？

姥爷自找不见邢总的影子，心里也犯了疑，去几十里外的邢总项目所在地探访了两趟，搞清楚了邢总的去向和缘由。

邢总说的那两个公司是有，项目也确实存在，但是注册资金都是邢总一个老乡的，邢总只是被老乡叫过来帮忙的打工仔。如今项目手续不全已经停建了。姥爷知道自己轻信了邢总，办了件离谱的糊涂事。

小海听姥姥说清楚了事情的原委，并没有大吵大闹，表现得异常平静。小海对姥姥、姥爷表了态，说要凭自己的本事，考啥样就啥样，上不了名校和一本就上普通高校和二本，努力不给姥姥、姥爷丢人。

听了大外孙的高考宣言，姥爷眼角湿润了，到小海这一代是三代人了，家里没出一个大学生。姥爷的二哥曾经考上了清华，但因家庭出身是富农，政审不过关，只能让位于贫下中农出身的考试成绩低他好几十分的幸运儿了。姥爷家庭出身不好，找不到像样的聪明女人当媳妇，只好娶了从四川巴中农村逃荒出来的又矮又瘦又没上过学的姥姥，生下的两个女儿的学业也不好。到了小海这一代，外孙子自己争气，上大学没有任何问题，只是在学校的选择上不那么顺利，可跟过去一对比，心里还是能迈过这道坎的。

小海又满怀希望地感受高考时期的战斗生活了。

新疆老太又回海南越冬了，姥姥把前前后后围绕小海高考发生的事如实说了，姥姥说："我就弄不明白，邢总他好歹也当过乡党委书记，撒谎乱搞女人太不靠谱了吧。"

姥爷打岔说:"你一个家庭妇女懂啥?人整天吃一种饭食,总有想换换口味的时候。"

姥姥和新疆老太对视一笑,无语。

新疆老太要回自己房间了,关房门前自言自语道:"大千世界,无奇不有。谁又管得了别人的事,只能小心做人,别再上当受骗!"

海南岛上的冬天,暖风吹拂,阳光明媚,让人感觉好舒服啊!

2018年1月26日于海南五指山

北京轶事

在我十一岁那年的冬天，因为太想去北京，到宏伟壮丽的天安门广场，接受伟大领袖毛主席的检阅，太想投入到轰轰烈烈的革命群众中去，于是就背着父母和老师，偷偷坐上了列车，结果跟着列车去了浦口方向，几经辗转又去了合肥，七天后回到了济南，绕了一大圈，也没圆了我心中强烈的梦想。

四年以后，我十五岁了，还是因为北京军区在济南招兵，我不顾一切地又改户口又瞒着家长，报名参加了内蒙古建设兵团。在少年人的内心，还是挂念着北京，挂念着天安门。

其实，对首都北京的这份热爱还是来自父亲的影响。爸爸在十三岁时就参加了八路军，经历了抗日战争和解放战争，在那血雨腥风的残酷战争中他长大成人。共产党终于赢得了战争，从而有了我们这个家庭。毛主席是我们的救星，也是最值得我们爱戴尊重的人。我爱北京天安门，去北京见毛主席，就是我心中最大的愿望。

一九七二年的夏天，我第一次从内蒙古大漠回济南休探亲假。路过北京时，我终于来到了日思夜想的天安门城楼前，那时我每日都读《毛主席语录》，朗诵毛主席诗词，能来到天安门前我也感觉是离毛主席很近了，心里充满着幸福的感觉。

在大漠那荒无人烟的边疆，每日早上起床后的第一件事，就是集合队伍冲着北京的方向喊："打倒美帝！打倒苏修！保卫祖国！保卫北京！保卫毛主席！"我们已经把在北疆戍边和保卫毛主席结合在了一起。这就是红色教育所产生的理想种子，爱祖国，爱北京，爱伟大的领袖毛主席，这就是那个时代红五类家庭孩子的优秀品质。

一九七二年的北京，物质也比较匮乏，买什么东西都要"票"。我的同学密友来信，托我给她家在北京买一口钢精锅，我花了十三块钱，给她家买了一口两层箅子的大钢精锅，这在济南也是买不到的。北京的咸味牛奶硬糖是我买给弟妹的见面礼。当时，连队一大帮高干子弟家中，只有广播事业局党委书记的女儿家里有一台九寸的黑白电视机，能有一台半导体收音机就是一件奢侈的事。

还是因为休探亲假，我一次又一次地来到北京，在班长的陪同下，我参观过故宫、颐和园，到过东单、西单、王府井、大栅栏，整个北京城让我跑了个遍。我也曾到长安大戏院看演出，到百货大楼买东西，但就是没去过八达岭长城。

中华人民共和国已经进入七十华诞，我也从少年进入了老年的行列。

二〇〇九年八月一日，我们汇集在北京少年宫，庆祝赴内蒙古大漠四十周年。昨日少年童，今日花白头。

今日，我为北京国家大剧院的豪华装饰和齐备的功能而惊叹；今日，我为奥运场馆的精美建筑而自豪，看着那流水般的车辆穿梭在立交桥上，我为十四亿人的大国摆脱贫困走向富裕而欣慰，真的很不容易。那期间，也有我奋斗的青春做铺垫。

在班长家里，我结识了九十二岁的老人瑞英先生，从她身上我看到了一种不屈不挠、乐观向上的生活精神。只要还活着，就要坚持自己的事情自己解决，哪怕是住六楼，没有电梯，也要每天坚持到楼下的广场去散步。老先生自己手提着一个马扎，什么时候累了就打开马扎坐下来休息，哪怕瘦得只剩下一把老骨头，早上起床要揉半小时的膝盖，上厕所自己系不上裤腰带，也要戴着老花眼镜读书、看报、写自传。这是班长家的"宝贝"，是我们后辈人的好榜样。老人经历了差不多一个世纪的蹉跎岁月，她年轻时丈夫就随军去了台湾，后来另娶妻生子，老人千辛万苦拉扯大三个儿女，并给他们安排婚嫁。老了，她还用自己的养老金来支付所需，有时还要帮助儿子克服生活中的临时困难。

她是一棵大树，她的子孙都在这棵大树下乘凉。可敬的老人，那么坚强，那么豁达！这是我来北京聚会最大的收获。

人，不管活多久，只要还活着就要坚持自立，坚持为别人带来帮助，要最大限度地为家庭和社会奉献自己的才智。

北京，我永远仰望。在北京有我的战友和朋友，更有我少年时精神的依托。天安门，毛主席，就是我们一代人的少年梦！

2018 年 10 月 1 日于山东济南

一叶知己

一 华 一

华一报名参加了专线定制的两日一晚大巴游。所谓专线定制旅游,是一种由政府补贴、商家出资的广告式扶贫专线购物游。这种旅游产品,是专门为来海南岛越冬休闲度假的中老年和有闲有钱的中产阶层量身定制的。

华一只是百万中国北方地区来海南岛越冬度假的老候鸟之一。她的家乡在内蒙古的呼伦贝尔草原北端的根河市满归镇。满归,是内蒙古与黑龙江漠河接壤的边陲小镇。冬季最冷的时候,室外温度是零下五十度左右,夏季最高气温不超过十九度,年均无霜期只有八十天。

华一的父亲是个铁路工程师,满归的铁路运行需要他,家庭的经济生活也依赖父亲的那份薪水。

华一在安静清冷的满归小镇上,跟着爸爸妈妈度过了童年少年时代,去哈尔滨工业大学上完了桥梁设计专业,顺理成章地留在哈尔滨城市规划设计院当了一名设计师。接下来的婚嫁、相夫教子，以及职场奋斗升迁的人生经历，均与主流社会生活中同等境遇的知识女性差不多，没有暴风骤雨和惊雷闪电，一切顺风顺水。不圆满的是五十多岁时，丈夫去加拿大参与援外水利工程建设，两年后与一位三十多岁的女工程师生下了一个小男孩，无奈之下，华一只好让贤挪位了。

还好，不算太惨，前夫自愿净身出户，留下了两套福利房，一套给新婚的儿子儿媳住，一套给华一用来安度余生。

华一为丈夫的事郁闷苦恼过，想不明白，这个从大学毕业就与自己同床共枕的男人，怎么说叛变就叛变了呢？两人从不为家庭琐事拌嘴吵架，也不存在经济纠纷，长年累月你谦我让、彬彬有礼，日子里平平和和、无风无浪，可怎么到了五十多岁就走不下去了，非散伙不可呢？

伤心透顶的华一，退休后就毅然离开了哈尔滨，离开了这座整个秋冬都寒气逼人、冰天雪地的伤心之城。

华一在海南岛的五指山安下了家。在五指山，可以享受纯净的空气和温煦的阳光，清澈的山泉溪流洗去了华一旧日的困惑与伤痛，时间与环境才是最好的医生和药方。

"阿姨，你是单个家庭，如果愿意晚上单独住一个房间，就补交个房差，如果能搭伴儿，有什么要求吗？"年轻导游问华一。

"搭个伴儿吧，没什么要求。"华一回答。

下午，从定安县的文笔峰景点出来，导游开始安排晚上的入店住宿了。

华一随团旅游也不是第一次了，单独住个标间，要额外补交另一半的房款，倒不是缺钱，只是觉得没有那个必要。在华一心里有一个旅行房伴儿的标准底线，只要不随便拿别人的东西就行。

其实这也是多虑，这个团的游客都是在五指山买房越冬度假的老年人，哪个不是丰衣足食不差钱的老候鸟族？咋能偷东西呢？不过，这年头鱼目混珠什么奇巧事都有，不可不防啊！华一的大学同学随团去加拿大旅游，在蒙特利尔被室友伙同其他窃贼，把证件、钱包、手机洗劫一空，损失了好几万呢。

华一经历了婚姻情感上的重创，开始变得怀疑一切周围环境中的人与事物，就连那个跟自己朝夕相处几十年的丈夫都会轻而易举地叛变，天底下还有什么人是可以相信的呢？

华一彻底变成一个少言寡语、闭门谢客的修行者。日常生活中除了买菜、做饭、料理家务，就保留下来两个节目：读书和散步。

读书，是华一终生离不了的必要科目，最钟爱的是《小说月报》和《读者》，其次是中外名著和当代文学作品。这些文化产品伴随华一度过了那段屈辱的伤痕岁月。书是一面镜子，说的是别人，照亮的是自己。书也是你最忠实的伴侣，不会出卖你，拿你的伤痛到处去给别人当笑料谈资。当华一沉浸在书中情境之时，就会忘却世界上的一切纠葛与烦恼，整个心灵都被书中的人物与情节所占据。

散步，也是华一每天的必修课。每天上午华一都会顺着五指山市中心那条沿河大道走上一圈，这一圈走下来正好是五公里，耗时一小时十分钟。

海南岛的冬季，暖风微拂，阳光明媚，郁郁葱葱的大榕树和色彩斑斓的三角梅会让你感觉春心荡漾，舒适安逸。许多从北方来越冬度假的老年人，经过休整歇息后，焕发了生命新的活力。

华一唯一参加的社群活动，就是每周两次去市老年大学上四节声乐课。五指山的老年大学是政府全资开办的，不收学员一分钱学费。明亮宽敞的新建教学楼里，钢琴等教具一应俱全，教师也是岛上一流的专职音乐教授。

国家为老年人考虑得很周到，做一个中国老人很幸福，走到哪里都有党的光辉照耀着。

二　老人声乐班

五指山老年大学声乐系有两个班。一班有六十几位学员，大多数是本地市的离退休人员。二班有一百多位学员，大多是来自内陆地区的离退休老人。

每年十月份开始，东北三省的候鸟老人就会陆陆续续地回到五指山的家中，次年四月又会返回内陆的家中。为了让老年大学能正常开课，能在劳动节、国庆节参与市政府组织的文艺演出，相关领导就推荐当地学员中有组织能力的老人担任班长工作。

老年大学的班干部就是志愿者，没有任何报酬，但责任不小，闹不好还会惹上满心的烦恼。

华一所在的声乐二班，班长是个六十七岁的老头，这个老头退休前是统计局的局长，吆五喝六惯了，总想动动嘴巴就把什么事都办妥了。有两次华一亲眼看到班长气急败坏地冲着学员嚷："什么？你们说我没有能力，干不了班长这个差事！搞笑！我好歹也在政府部门当了十几年的局长，有着丰富的管理经验，怎么就干不了老年大学的这个班长呢？"

事实上，老年大学的班长还真不是谁想当就能当得了的。先说学员成分的复杂性，有的老太太、老头爱面子，好逞能，搞个文艺汇演让每个人报一个节目，有人偏要报三个节目。演出彩排时，有的老太太和老头就抓着麦克风不撒手，好像要把下辈子想展示的东西都展示了，台下看烦了的人就在微信群里发照片和评论臭损一通，整得这微信群成了大擂台。还有油盐不进、我行我素的，想来就来，想走就走，上课打电话的，大声聊天说笑话的，气得班长够呛。

班长自己心里也明白，这些老头老太太吃了一辈子的苦，有的是"三高"患者，有的身患绝症，来海南岛就是图个人生最后一站少遭点罪，唱好唱不好的又有什么关系，图的是大伙儿凑到一起开心热闹。

华一上了三年的老年大学声乐班，结识了几个新疆、内蒙古籍的老太太，偶尔也会凑到一起扯几句闲话。

那天课间，听新疆克拉马依油田的许姐说了个笑话。许姐说："你看咱班上的大才子大帅哥卫老头能干吧，会拉二胡，会唱京剧，歌唱得不错，还会练太极，人也不胖不瘦、不高不矮，退休金七千多块，在五指山有百十平方米的住房，那在广场上就是块香饽饽！前几天，卫老头遭遇了一场劫难，不光是家里值钱的东西被洗劫一空，胳膊上也被暴徒咬得又红又肿，满是牙印子！"

华一不解地问许姐："暴徒抢东西又咬人，太离谱了！卫老头报案了吗？"

许姐淡然一笑，说："报啥案啊，暴徒是卫老头来五指山后搞的第二任相好。卫老头仗着自己条件好，有房有钱有资历，这不又搞上第三任了。"

许姐说的这些事，在海南岛上可不稀奇，这片娇艳秀丽、诗情画意的土地，让老候鸟们焕发了第二春。在华一眼里，这些人简直是玷污了海岛这美丽的风景。华一看不上那些抓紧青春不撒手，明明已是秋后的蚱蜢还要使足了劲儿地蹦跶，逢人没话找话说，一有公众场合就显摆才艺的人。唉，这些人活了大半辈子了，怎么就越老越没个正形了呢？

在众多的老头中，华一看着有一个老头还不错。老师点名时他喊"到"，好像这老头的名字叫南生。南生看上去六十多岁，头发是染了的，皱纹也不少，但个头挺高，身板直立，没长将军肚，这些倒是没啥太特殊，只是三年以来的冬季音乐教学和演出过程中，每次需要干力气活时，比如搬钢琴、抬桌子、架音响时，许多平时嘴巴很勤快、爱抢风头的老头，见有活要干了，立马往边上靠，而南生准是第一个主动站出来承担这些力气活的那个人。周期演出时，老人们争前恐后地报节目，不让谁露脸都会不高兴，可一场演出总不可能搞上五个小时吧，时间、场地都受限，这时，华一见南生站在一旁笑笑也不去报节目。

人到了六七十岁，大多知好知歹了，但真正懂进退、明事理、善谦让的人还是少数。乍一想，像南生这样的老头真不多见，他的老婆是个有福气的女人。

华一的眼光太高了，对人对事都格外挑剔，所以只能关紧宅门过自视清高的孤独日子。

三 辛叶

辛叶从小在上海石库门的弄堂里长大,爸爸妈妈都是教书匠,对孩子们的学业抓得很紧。

辛叶有两个哥哥,哥哥们都上了医学院,毕业后留在上海大医院当了医生,而爸妈最疼爱的小女儿辛叶却上了地质学院,学了地质勘探专业,毕业后分配到了云南地质队,干起了野外地质勘探工作。

辛叶再娇小受宠,在野外地质勘探队也娇宠不起来了。还好,队长像呵护小妹妹一样地关心照顾她,什么脏活累活都替她接着,危险的地方也不让她靠前,整个像专为她设计了一把保护伞。

几年后,辛叶嫁给了高大魁梧的陕北汉子队长,随后又生了女儿。野外勘探工作没个固定的居所,也没法照顾孩子入托和上学,在上海退居二线的外公外婆承担了教育抚养外孙女的义务,娇小玲珑的辛叶连女儿的哺乳喂奶经历都轻松躲闪过去了,勘探队的其他女同事都羡慕得不得了。

工作上虽有些苦累,但地质勘探队是国企性质,几次城市工业改革的风暴都没有影响到云南边疆的地质队,所以,辛叶夫妇俩在工作上十分稳定,几十年下来,家庭经济收入可说达到了小康标准。

如今,双方的四位老人均已离世,女儿也在上海成家立业,生了自己的孩子。辛叶说服丈夫,回到了离别三十几年的上海,住进了爸妈留下的房子里。

为了越冬养生,也为了消除陕北汉子寄人篱下沾老婆光的心理阴影,经同学引荐,辛叶两口子拿出多年积蓄,在海南岛五指山买了一套两居室的楼房。

辛叶女儿的孩子上中学了,不需要大人接送,午餐可以在学校门口的小饭桌解决,这样外公外婆省心了。十一月份天气刚冷,辛叶就和丈夫飞到三亚,直奔五指山的新家过候鸟生活去了。

丈夫年轻时喜欢打篮球和唱歌,现在六七十岁了,蹦不动了,打篮球就免了吧。他唱歌还行,跟社区合唱团的人结伴去老年大学学声乐,每周两个上午,回来练练曲谱,加上每天围湖散步,隔三岔五地打打羽毛球,这养老的日子也算有质有量。

不知什么缘故,四年前单位组织查体,辛叶查出了乳腺癌,动手术后又化疗,一家人都折腾得不轻。这一来,冬季一到,辛叶就更不能在上海待了,上海没有集中供暖,天冷时要开电暖器和空调,既然已在海南买了房子,不如一冷就飞过去。

辛叶除了喜欢看小说就是爱摆弄着做几道可口的小菜,手术后医生让她少活动,这些天辛叶感觉有些郁闷,老想找个没人的地方大声喊几嗓子,或者放开自己的情绪大哭一场。就这样,她破天荒地报名参加了岛内两日游,把丈夫一个人晾在了五指山的家里。

四 一叶对话

导游把单人家庭的华一和辛叶安排进了一个标间。

进房间后,华一感觉有些疲惫,就对辛叶说:"姐,要不你先洗漱?我躺床上歇会儿。"

华一躺在床上迷糊了一会儿,睁开眼睛看着刚从卫生间洗漱完出来的辛叶愣住了,这是白天在旅途中的那个大姐吗?怎么差别这么大呀?

白天,大姐一头浓密的黑黄相间的时尚卷发,一副金丝边眼镜,一条粉红色披肩,三分跟的软牛皮鞋,淡淡的装束把这个身材矮小但仍不失娇柔的知识女性包裹得有形有色,让人平生几分亲切和怜爱。夜晚洗漱后一还原,摘掉假发,露出稀疏灰白混杂的小分寸头顶;摘了眼镜,额头和眼角密密麻麻的皱纹更加明显了;拿去牙套,嘴巴也瘪了进去;脱掉高跟鞋,整个人矮了好几寸。站在眼前的分明就是一个又瘦又矮又丑的老太太,说是七十岁也不冤枉她。

辛叶好像对华一的反应很理解,她淡淡一笑说:"很不习惯吧？我自己已经习惯了，头发、牙齿是假的，连乳房也是假的。四年前做了乳腺癌手术，不想再留头发了就买了个假头套。过去在地质队常年生活没规律，冷一口热一口的，把牙齿伤得也没几颗好的了，只好换了一口假牙。"

在辛叶自言自语般的陈述中，华一的心好像被什么东西刺疼几下。女人啊，真不容易，人前光鲜的背后都有属于自己的辛酸。

两个女人躺在宾馆的床上，小心翼翼地开始了一场跨越时空的对话。

在长期人与人的交往中，华一和辛叶达成了一条共识，就是当你心里有事盛不下想找个人倾吐时，一定不要找闺蜜或与你生活有关联的人，那样只会让旧伤上再添新痕。

华一从来就不知道世界上有辛叶这么个女人。辛叶也不用戒备华一会对谁说出自己的故事，因为华一认识的人，辛叶一个也没听说过。

就这么简单纯粹，只有简单了才能透出真实。

在温暖静谧的夜晚，只有两个经历了大半生磨砺的曾经饱读诗书的老太太，没有虚伪好胜的情绪，不掺杂任何利益关系，只是生命走向冬天的某个时段，相互之间的一种关顾与搀扶。

像是在下一场牛毛细雨，不紧不慢，不大不小，过了几个小时，土地被滋润透了，两个老女人也在喃喃细语中进入了梦境。

华一感觉自己是在加夜班读一部长篇小说,疲惫中感悟颇多。辛叶好像卸下了一辈子都在背着的一些旧包袱,轻快了许多。

第二天环岛旅行继续,两人随意对景区的亮点发表着自己的观点,互相之间拍了几张留影,宛如闺蜜和老同学,但绝口不再提一句昨晚说过的话题,好像什么事情也没有发生过。

两天一晚的旅行结束了,团友挥手道别,重新开始原本规律的生活,没有谁向他人要电话号码和微信号。像曾经走过的旅游景点,走过看过也就过去了,能记住多少算多少,忘记了就忘记了,不刻意去计较什么,这也许就是改革开放以后新一代候鸟老人的智性所在吧。

五 华一的思考

华一像读一本长篇小说那样认真地回顾辛叶三个多小时的叙述,整理出了几条读书摘要。

1. 上海女孩赶上了恢复高考的头班车,幸运地从街道办小企业的一名车工蜕变成一名地质学院的女大学生。毕业后分配到云南地矿局勘探队,陕北汉子对她呵护有加,两人结婚后育有一女,由上海女孩的父母代养。

2. 上海女孩与陕北汉子婚后生活工作顺畅和睦,但存在严重细节冲突，主要是地域文化差异和钱财分配差异。辛叶有大城市书香门第女学生的小资病，陕北汉子坚守延安窑洞的朴素革命传统，每次冲突均以革命传统的胜利告终。几十年过来，陕北汉子成了不可撼动的家庭统治者，上海女孩在别人羡慕嫉妒的幸福中隐忍着，旷久的压抑促使乳腺癌病灶发作。

3.陕北汉子即是声乐班中让华一有好感的老头南生。

人活到了六十多岁，每个人都是一部难读懂的长篇巨作，随便翻看几章片段不足以了解全部内容，最好别被偶然的表象所迷惑。

作为有情感创伤的老女人，如果没有经济压力和生理需求，千万不要随意相中哪个老头，哪个老头的故事情节都深远复杂着哪！

华一用辛叶的镜子照着自己，更知道珍惜未来不多的日子。

六　辛叶的反思

辛叶回家见到了陪伴自己过了四十多年的陕北汉子，一下就想起了那晚华一说过的话："姐呀！你就知足感恩吧，我们那个时代熬过来的女人，哪个不是伤痕累累的？你就是一千个女人中最走运的那一个啦！"

"走过四十多年婚姻，你老公不离不弃，从不在外边拈花惹草，只是脾气耿直，缺乏情调，这是个难得有责任心的男人，姐要珍惜啊！"

辛叶听完华一对自己婚姻的简单叙述，明白了一个道理，懂风情会哄女人的男人，是不甘心守着家里这一个女人的，会花钱不抠门的男人，也更有风雨场上遇知音的机会。

辛叶想明白了，自己就是那个最有福、最幸运的女人。她仿佛把心结一下子打开了，心里亮堂了，海岛的风景更美了。

2019年1月21日于海南五指山

醒 悟

普兰这一觉睡的时间可真长,她恍恍惚惚地抓起枕头边的手机看了一眼,怎么这一觉睡了三十多个小时?!

前天上午送走了闺蜜一家四口,她赶忙整理卫生,顾不上吃饭喝水,也忘了吃药。傍晚时,她突然感觉一阵心绞痛,头昏眼花,腿脚无力,硬撑着把药吃下去,连脚也没洗就歪倒在了床上。

这一睡就是两夜一个白天。普兰自己心里明白,这又是小死一回。如果这次醒不过来呢?会是谁第一个发现她这个七旬老妇人已经升天了呢?

普兰今年七十一岁了,前几年刚刚送走了九十多岁的老爸老妈。在普兰眼里,老爸老妈那一代人是幸运的。虽然他们的童年少年时代是从战火年代熬过来的,新中国成立初期也吃过苦流过汗,但没有下岗待业,一直到退休都是享受着福利房和免费医疗,退休金也够生活用的。最重要的是他们生了好几个儿女,老了该用人伺候了,儿女都在身边,这就是最大的福分。

到了普兰这一代，初中没读完就上山下乡支边，折腾了七八年，回城后又找不着工作，好歹分配到集体企业，结婚后又赶上计划生育，紧接着的是全员下岗重新就业，这一代人生活得相当波折坎坷。那个时候，老爸却说下岗也比打仗好，起码命还是保住了。战争年代子弹不长眼，命就像挂在裤腰带上，说没就没了。和平时代再残酷、再艰苦也是有盼头的。

在人生任何一个转折阶段，前辈人的经历和教诲都起着重要作用。有爸妈就是一种无形资产，爸妈会赋予你能量和信心，再难过的日子也是一家人一起扛，孤军奋战才是最苦涩的。

下岗了，没事做就没钱赚，没钱赚就会让老人和孩子一块跟着过少油无盐的日子。普兰和丈夫决定做第一个吃螃蟹的人，申请承租了工厂墙角四间简易平房，条件是要养两个下岗工人，每年上缴六千块钱的承租费。

那是一九八五年，每个工人的工资是一百二十元，每年上缴六千元可不是个小数目，原来有六个竞争对手，几天过去后就没了音讯。那时铲除了私有制，连个卖酱油醋和针头线脑的杂货铺都是国营供销社，真要自赚自吃没人管了，谁的心里都犯嘀咕。但普兰铁了心要用这四间平房干个对外百姓餐厅。于是，开门打窗一阵忙乎，百姓餐厅开业了。

刚接触餐饮行业肯定有盲点，但普兰没什么退路了，又举债未清的,只能是把全部身心都投入进去,饭菜质量、服务态度、卫生环境都搞好,一切便顺理成章地上道了。可三年的承租期还差两个月,工厂就单方面撕毁合约将普兰的百姓餐厅以两万块钱承租价格租给了别人。

这是普兰第一次知道什么叫红眼病了。

当时在社会上人们都传说,这改革开放头一番挣着钱的没什么好人,不是劳改释放分子就是城市里的无业游民,这话也不全错,只有这些无路可走、无门可投的倒霉蛋才可能干这种没准头的买卖。几年后,这些倒霉蛋挣着钱成了万元户,人们的红眼病就流行开了。大批的下岗失业人员都纷纷下海,顿时满城的大街小巷都开满了各类小商店,居民再也不用愁拿钱买不到需要的东西了。

当大家都只有几百块钱时,你有了一万块钱,你就成了众矢之的。中国人最见不得别人过得比自己好,亲戚朋友会以各种理由来借钱寻求资助,过去站在一旁说风凉话等着看热闹的人,如今会无中生有、推波助澜地协助有特权的人,尽快地削平你的山头。

最让普兰痛恨的是这些倒霉蛋自己也不争气,过去生活在社会最底层让人看不起,如今挣了几个钱就不认识东西南北了,什么吃喝嫖赌,这样不沾沾那样。

普兰用干饭店赚的钱当底钱,又成立了装饰公司和家具店，又是几年过去了，钱的问题没有了，老人孩子吃穿不愁了，人的问题却变得很严重，而人的问题又不是用钱能解决得了的。

普兰家的生意不是以男人为主，而是全仗着女人那股拼劲撑着的。普兰嫁的男人模样挺帅，家境不错，是从小娇生惯养长大的，只懂得让别人关心爱护他，而他从来不会为别人着想，女人嫁给这种男人等于找了个大儿子。

当生意干了七八年赚了些钱时，普兰负责销售和进货，男人就在家负责生产和门市上的应酬，雇了五六个员工，男人基本上不用操心下力。应了中国那句老话，饱暖思淫欲。男人不知道哪天开始就跟店里年轻的女员工搞在一起了。

普兰是在三个女员工为情为钱拼架时才知道了这个情况。她并不意外，男人嘛！普兰不动声色，让上初中的女儿住在了姥姥家，自己则住进了店里。工作中一切照常。

又过去了两年，那年普兰四十岁了，跟男人胶着的年轻女员工受不了了，大闹了两场，普兰一句话都没说，去法院简单陈述，带着女儿净身离开了那个打拼了十几年的伤心之家。

在男人的眼里，普兰就是一个只知道干活、赚钱和读书的冷血动物。有时男人故意说买了件好看的裙子要送给情妇，普兰连眼皮都不抬地说："好啊，快去送吧。"

还有一次，男人把初恋情人领回家来，说她刚离了婚，没

091

地方住，很可怜。普兰让那女人住自家单元房的另一个卧室，一住就是半年，管吃还给零花钱。后来，男人的初恋情人与现任情人起了摩擦，临别时初恋情人拉着普兰的手说："嫂子，我真没见过你这样的女人，太能忍了！"

普兰其实是太疲惫了，每天生意上的事繁杂琐碎，还要应对税务工商和客户，每年参加两次自学考试，那几十本书要自己一字一句地消化，哪有时间和力气跟男人和那些女人计较呀！

普兰心里有一根定海神针，她认定自己的命是爸妈给的，爸妈生养个孩子不容易，自己从小就跟着爸妈过吃了上顿没下顿的苦日子，什么脏活累活都干过，几十年走过来的每一步路，哪一步不是泥泞伴着血汗啊！

活着到底为了个啥？活着不过是为了对得起爸妈给的这条不容易的命啊！

男女婚配，过得好就过下去，过不下去就分开。男人喜欢钱，喜欢其他女人，就把挣的钱都给他，让他拿着钱去寻欢作乐吧。尽管普兰的心在流血，但面色沉淀得像只是换了个地方居住。

女人的命运不能依赖在任何人身上。爸妈终将老矣，男人难得始终如一，孩子长大了会远走高飞。

爸爸给普兰留下的是一种规整细致的军人作风，妈妈留给普兰的是善良耿直的处世态度，这两件无价宝根植于普兰的骨缝里，让她的人生之旅坚定不失方向。孩子是普兰生命的依托和希望。一个母亲，她活着的原动力就是孩子。

就像大自然的白天黑夜和春夏秋冬，走过了一年又一年的轮回，留下了岁月的沧桑和满额满脸的鱼尾纹。普兰老了。

让普兰困惑的是少年青年时代的两位战友的到访，也因着这两次接待，普兰仿佛大梦初醒，觉得是时候要改变旧观念和旧习惯了。

那是初夏的一个中午，普兰收到了一封贴着邮票、盖着邮戳的从石家庄中医院寄来的信。已经有二十年没有收到过这样的信件了，电话、微信早已取代了传统的通信方式。

读完信上的内容，普兰方才明白了事情的原委。寄信人叫张函，是普兰在内蒙古兵团一个连队的战友，一九七三年就离开了兵团，到父亲给她找的一家医院当药剂师去了。四十五年过去了，兵团战友多次聚会，可从来没有张函的音讯，连里失联的人有几个，张函就是其中的一个。

普兰从信中得知，张函自离开兵团后，就一直在一家中医院干药剂师，因忙于结婚生子和药剂师工作，所以许多年来她都把对青春年华和战友的思念深埋于心。前几日，在退休后返聘的私企医院，她结识了一位在公安局户籍处工作的病员，闲聊时，那位公安病员说，现在全中国的户籍信息联网了，只要提供姓名、户籍所在地和曾在哪个地方工作学习过，通过大数据筛选分析，就能找到你想要找的那个人。于是，张函就在全连一百多个兵团战友中选择了普兰，没想到事情进行得很顺当，几天后，张函的信就送到了普兰的手中。

现代数字信息完全颠覆了传统的通信模式，拉近了人与人的距离，把过去可望而不可即的事情瞬间变成了现实。

普兰按照张函信上写的电话号码给张函打了个电话，电话顺利地接通了，两人一聊就是四十多分钟，普兰明白了张函的心意。张函想念战友，怀念青春时代，日思夜想要去北京找班长和战斗小组长叙叙旧，但丈夫和儿子没时间陪她，就是有时间也干不了这件事，于是她想让普兰去石家庄接着她去北京，全程负责她的北京战友聚会任务。普兰连个磕巴也没打，就答应了张函的请求。

接下任务后，普兰就是一连串地忙活。虽说现在通信、交通都极为便利了，但要有人用心去组织去联络啊！

普兰让北京的战友帮张函联络她班的人，几经周折，终于找到了副班长和战斗小组长以及同排不同班的两个战友。班长已经在三年前去世了，班里其他战友有的患老年痴呆症根本出不了家门。

把去北京的日程安排好，普兰就去石家庄接着张函一起参加了这场四十五年后的战友聚会。在北京，为了让张函住得吃得可心，普兰定的是维也纳酒店和小康餐饮，花了不少钱。临别时，张函眼含热泪依依不舍，硬是塞给了普兰三张百元大钞。

张函了却了一桩心愿，不再日思夜想。普兰完成了一件任务，但从此再也没跟张函联络过，张函成了过去时。

普兰在北京的宾馆同宿时，问张函："咱连战友一百多号人，天南地北的，时隔四十多年，你为什么不找别人，专找我呢？"

张函说："过去在连队，全连都知道你爱管闲事，找你能办成事！"

这也许是对普兰的一种特殊夸奖吧。

普兰爱管闲事的习惯是母亲传染给她的。在普兰儿童时代，中国人经历了三年困难时期，城市里的树皮树叶都被人们拿来充饥，乡间的草根野菜也挖光了，母亲靠给机关食堂摊煎饼才让一家人没怎么挨饿。有位李阿姨，一家五口断了粮，饿得无力行走，全都躺倒在床上。母亲把自家的干粮匀出一包，给李阿姨送去，这是救命的干粮啊！家门口每天都有外乡难民来讨饭，母亲回回都不让讨饭人空着手离开。母亲的生活信条很简单，谁托生成个人都不容易，若是有一点办法，谁也不会上人家门口觍着脸要饭吃！

帮助别人成了普兰的习惯。有一次，普兰端着一个玻璃杯去街口小卖铺给父亲买酒，正遇上一个拉货物的人力胶轮车上坡，她上前帮忙推车，忙乱中把玻璃杯打碎了，酒洒了一裤子。父亲说："你真是个没脑子的孩子，帮人推车先得把酒杯放下啊！"

童年是心智形成的阶段，有些潜移默化的品格就在大人的一言一行中润滑在了孩子的骨髓里，渐渐地影响了孩子一生的轨迹。

感恩是人生最重要的品质。普兰从小就听母亲说，姥姥和姥爷在母亲三岁时就去世了，母亲是跟着太姥姥长大的。太姥姥是个乡间大夫，每天东奔西忙地给乡民们看病、熬药、接生，所以母亲吃的是百家饭，穿的是百家衣。太姥姥的生活信条也很简单，人只生了两只手，不干这个就干那个，干了这个就干不了那个，只管干好能干得了的事情就行了，心气高也是白搭！

普兰心地善良，遇事先为别人着想，这点像母亲像太姥姥。普兰做事细致用心，这点像当过大兵的父亲。

有了善心善行加上那股子认真仔细的劲头，也能百折不挠，逢山开道，遇水搭桥，在和平年代的经济大潮中找到自己的一片天地。

普兰的生活信条也很简单，靠着自己的努力和上天的眷顾，让老人孩子衣食住行和医疗教育有着落，比上不足比下有余就行了。

几十年过去了，老人都走了，孩子有了孩子，自己成了老人，普兰的生活目标都实现了。除了在老家买了住房，还在海南有了属于自己越冬养老的小居室，这一切让普兰心满意足，庆幸自己生在了太平盛世。

所有的幸福都源于父母给自己铸就的身体和品格，所有的烦恼也和这些品格相关。

每年十一月，北方的冬天来临，干燥寒冷驱使着普兰往海南跑。一个走向人生冬季的女人，自身的阴气就已经足够，再加上外界的阴冷，真是二十四小时手脚冰凉，心脏缩成一团，血液循环缓慢，海南岛是普兰的救生地。

北方的老人去海南岛越冬，早已成为一种趋势。普兰每年都要接待二十多个亲友，为这些人安排住宿和考察旅游，除了至亲，其他来访者都住在酒店宾馆。

这天上午十一点多，普兰接到一个战友打过来的电话，战友说："你过来接我们一下啊！"

"接你们？去哪儿接啊？"普兰感觉有点纳闷。

"就在你家楼下。"战友说。

不由分说，战友一家四口忽地一下就涌进了普兰狭窄的两居室。

战友说:"去年从海南回去,跟家里人一说海南有多么好,他们就眼馋得不得了,这不到了冬天,老公退休,儿媳妇休年假,小孙子放寒假,就买了机票过来了。儿子说,一定要让我们住普兰阿姨家,这样他才放心。"

看来是早有预谋,没商量!战友去年就给普兰说,普兰现在日子过得挺舒服,就是缺个男人,等哪天把她老公叫过来,三个人一起过日子。普兰只当是侃大山逗乐子,没承想战友真的叫来了她老公,还有儿媳妇和孙子。普兰碍于脸面,也可怜战友去年刚动了手术,便一切迁就了下来。

普兰已经一个人独立生活三十多年了,一下子与好几个外人吃住在一个屋檐下,实在是太不方便了。吃饭、洗漱、上厕所都很别扭,睡觉时关上自己的房门,撒尿在一个小塑料桶里,不敢出声响,怕影响到那四个客人。

白天,战友四口出去玩,普兰在家清理卫生、准备饭菜;晚上,那四口人轮流洗澡,房间里热气腾腾,一股澡堂子的味道,洗完澡再洗衣服,折腾完就十一点了。

战友刚动完手术属于重点保护对象,儿媳妇忙完自己的事情就关上卧室门玩手机去了,男人下楼去抽烟溜达,碗筷卫生就归普兰收拾了。

三天过后的夜晚,普兰感觉胸闷喘不过气来,赶快把枕头底下的硝酸甘油拿出来含上,渐渐地进入梦乡。

太紧张了，也太累了。隔天，普兰向战友说起夜间犯心脏病之事，战友说："这是我的不对，忘了你的年龄，你也是个老人了呀！"战友还说："人啊，有的人是越老变得越好，就像我爸爸，年轻时很自私不让儿女进门，现在快九十了，恨不能天天盼着孩子在跟前。"

普兰接过话头说："我可能属于越老变得越自私的那种人吧。"

战友说："你年轻时就是喜欢管闲事，帮助别人不求回报，要不怎么我们一家来海南就愿意住在你这里哪。"

普兰明白了，自己今天的活儿是年轻时揽下的，没办法，忍着点吧。

又过了几天，普兰接到了另一个战友的电话，她说要带着放了寒假的孙子、外孙和当教师的女儿，来海南岛陪普兰过春节，以消解普兰一个人过节的寂寞。普兰说，知道了，过两天告诉她行与不行。

普兰给远在国外的女儿打电话，讲述了当前的处境。女儿说："妈呀，你知道你多大岁数了吗？你那战友的儿子为了让自己的妈高兴，安排别人的妈给他一家四口当免费的老妈子，这账算得也太精了吧，明天，让他们住宾馆去！你另一个战友为了自己方便和省钱，换个说辞说要陪你这个孤寡老人过年，我是不是还要给她写封感谢信啊？！老妈，你醒醒吧，你年轻有力气时，可以帮助别人丰富自己，可现在老了呀，再拼上老命去帮助别人，就是在伤害自己，和自己过不去呀！你的战友这样处理问题，他们不配做你的朋友。"

女儿的一席话，像一阵洪亮的警钟，唤醒了普兰内心深处沉睡已久的自我保护意识。

2019年2月5日于海南五指山

钱家的官司

现在的社会，人们最喜欢的是钱，最关心的是利益，最看轻的是责任和情义。

钱家的官司打了十三年，为了个"钱"字，兄弟反目，妯娌成仇，在乡邻间广泛传播，已为反面教材。

姓钱不一定有钱，但希望能有钱。钱老汉生了三个儿子，大儿叫钱存，二儿叫钱宝，三儿叫钱兴。钱老汉两口子都是村里出了名的老实人，除了会种庄稼和养羊，其他的都整不明白。

别看爹娘像两块榆木疙瘩，一天到晚只知道闷头干活，生养的三个儿子却各有千秋。老大钱存从小上学就功课好，初中毕业后报考了商业学校，毕业后留在县城粮食局干了采购科科长。老二钱宝功课不太好，但脑子活泛，有力气，个头也高，十八岁那年秋季征兵去当了空军地勤兵。老三钱兴追随钱老汉，不爱说话，但心灵手巧，初中毕业后就当上了木匠。

钱老汉生了三个儿子，长大后各自娶妻生子，没花钱老汉一分钱。儿子们都像长了翅膀，离开了祖辈赖以生存的黄土地，到城市里谋生去了。

老大钱存当上了粮食局局长,成了村里第一个在城里当大官的人,钱老汉感觉脸上很有光彩。老二钱宝在部队上入党提干,当上了五好战士,乡里敲锣打鼓地把喜报送回家,钱老汉高兴得合不拢嘴。老三钱兴在家门口学木匠手艺,左邻右舍的乡亲谁家盖房子打家具,老三都能帮上忙。乡亲们都夸赞说,钱老汉两口子真是有福气,生养的儿子个个都很争气。

钱老汉两口子日子过得挺知足,没有多少钱但也饿不着冻不着,乡亲们之间有什么事情都相互照料,顺顺当当的感觉挺好。

老大钱存娶了本村洪家的大闺女洪英。洪英在城里的招待所当服务员,别看她个子不高,只读过两年小学,但比那些上完高中大学的女孩还会说话。洪英懂事能吃苦,不光钱存喜欢这个媳妇,公公婆婆也从心里赞成老大选的这个儿媳妇。

洪英进了钱家门,三年内生了两个儿子,大的叫钱洪海,小的叫钱洪山。名字是洪英的父亲、孩子的姥爷给起的。

钱存和洪英都要上班,两个儿子生下来五十六天后就跟着妈妈上托儿所。那个年代的法定产假是五十六天,女职工休完产假就会把婴儿带着放到单位办的托儿所里,八小时工作制,每天的上午和下午都有二十分钟的喂奶时间。

洪英的两个儿子是洪英自己带大的,别的母亲也一样,没有谁让老人给看孩子，老人大多数都在农村种地，没有空闲照看孙辈。

老钱家三代人凑到一起过年过节，满是欢乐与幸福，公公婆婆都觉得洪英是钱家的第一大功臣。

老二钱宝从部队转业，在城里当上了工商局的局长，娶了在城里长大、大学毕业的崔医生，生下了一个娇娇嫩嫩的女儿。

每逢年节放假，两个局长儿子都会带着家眷回家来与父母团聚。表面上家里的人多了更加热闹，但钱老汉两口子都觉察到了一点火药味。洪英知道自己没读过什么书，也不太讲究卫生和膳食营养搭配，便觉得自己比崔医生矮了一头。崔医生明白自己的生活方式与这个家里的人有点格格不入，农民家最看中的是传宗接代，而自己生的却是女儿。

终归是节假日后各过各的日子，儿媳妇各自的心思都埋在各自的心里，暂时引爆不了什么大的矛盾。

老三钱兴不甘心只干个箍房梁、打家具的乡间木匠，一直在寻找新行当的时机。这回机会来了，这个机会可不是光给钱兴一个人预备的，它是改变全村人命运的一次大迁徙。

修建省城的新机场，设立临港开发区，村里的农户全部搬进镇上新建的居民小区，世世代代以种地为生的老农民，彻底变成了城里人，住上了楼房，干起了跟新机场配套的物流和餐饮住宿服务业。

钱兴拉起一支装修队伍，热火朝天地当上了装饰公司的老板。钱兴颠覆了老钱家老实安分、不走险道的传统做法，弃农经商成为乡亲们眼中的老板，老板娘就是他那木匠师傅的女儿兰芝。

钱老汉就是比别人福分大，老大老二娶媳妇没让他花钱操心，老三更让人省心，不但结婚没让钱老汉花钱操心，就连钱老汉两口子分的楼房新居的装修和家电、家具也全是三儿子小两口给操办的。

钱老汉的小妹妹羡慕地说："哥呀，从南京到北京，打着灯笼满世界找了个遍，也找不出你和俺嫂子这么清心的爹娘来！"

世道变了，变得让钱老汉眼花缭乱，找不着过去日子的影子了。

改革开放初期市场供应实行双轨并行，鱼目混珠、似是而非的事情很多，谁也辨不清楚哪件事是在政策允许范围内的，哪件事是不符合国家规定的，很多人都是摸着石头过河，撑死胆儿大的，饿死胆儿小的。

老大媳妇洪英在市人大招待所当所长，接触的人多，知道的政策也就多。那时正赶上国企改制破产，经常有破产企业的房产和地产对外拍卖，洪英认定这是一个发财的好机会。

老大钱存胆儿小，怕老婆洪英给自己惹出什么麻烦事来，千叮咛万嘱咐，一百个不放心。洪英是个办事讲分寸的人，撇开老公，利用这些年干招待所积累的人脉关系，几经周折设定了发财渠道，五年后竟然赚下了一个厚厚的家底。

这时的洪英已全然不是当年那个只读过两年小学，没文化少见识的农家女孩了。洪英结婚早，二十一岁就生了大儿子，如今四十五岁的洪英已经当上了奶奶，光这一点她就让钱家老少高看一眼。

洪英并不满足眼前这几百万块钱的成绩，她看温州炒房团有专人到各地去打探信息，买下开发商的预售房，等楼房竣工、基础设施配套完备后，一倒手，比开发商赚得还多，既利落又省时省力。于是，洪英开始囤房囤地，这比攒钱吃利息要划算得多了。洪英开始有点小骄傲了，钱家兄弟两个局长一个小老板，加起来也没她一个人赚得多！

老二钱宝打小凡事不愿落别人后头，如今大嫂成了百万元户，三弟变成了小老板，自己心爱的独生女儿也去澳洲读研去了。自己守着公家的摊子不温不火、不咸不淡的，也像缺了点什么，就是有那么一点不甘心。

只要你的心在期待着什么，总有一天你期待的那个东西会来敲你的心门。

钱宝局长接到一个内部消息，海南省省长和省委书记一行七人，要到内陆城市学习考察，会在自己所任职的地级城市住宿一晚。抓住这个千载难逢的好时机，钱宝请省委秘书长给自己递了一张便笺，写明一家国有三产实业公司愿寻求在海南商贸发展的机会，希望得到引荐。

功夫不负有心人，省长的批文只有几个字：望相关部门予以接洽。就凭这张简洁的便笺批文，钱宝调任市政府三产办公室当上了国企三产实业公司的董事长兼总经理。

那是一九九七年，海南的商贸才刚刚起步。钱宝借鸡下蛋，承租了海口和琼海、三亚的几座商贸大厦，运用新型的分租分包方式改变了旧日国企管理溃败亏损的局面，让当地政府眼前一亮。

钱宝跨海承包大厦和土地的成功做法让大嫂洪英动心了，洪英也想涉足海南商贸发展。几经磋商，洪英当上了海南实业公司的法人代表，一个注册资本一千万元的民营企业成立了。

洪英的法人代表当得很舒服，投上几百万后光等着每年年终拿分红。洪英心里很清楚，自己这个法人代表不过是个摆设，为老二和其他几个股东挡挡眼。让洪英不舒服的是，内地的生意创收稳定，而海南的大小买卖都只亏不赚，老二说海南遇到了经济大萧条。许多建设项目都成了半拉子工程，海口、三亚临海大道上满眼都是烂尾楼，惨不忍睹！

钱宝的海南一战很不顺利，人不能在一棵树上吊死，钱宝辞去国企三产实业公司董事长兼总经理的职位，又去了劳动和社会保障局。

洪英回到公公婆婆家免不了要叨唠外边发生的事情，让婆婆不开心的是洪英对老二的那句评价："老二也忒贼骨了吧，像条泥鳅，哪里有好处就往哪里钻！"

老钱家的三个儿子都挣着钱了，老爹老娘心里高兴，其实孩子们再有钱，当爹娘的也沾不上多大的光，日子还是按部就班地往前走，好歹这几个儿子都知道自己是农民家的孩子，没有后台没有支撑，"作"出大事来得自个儿扛着！

又过了几年，海南的经济开始好转，钱宝提议大嫂洪英去海南看看那边的生意和形势。洪英和大儿子钱洪海一起飞到了海南岛。这时海南岛又一次大腾飞，许多内地开发商都云集海南，准备撸起袖子大干一场。

钱洪海已经是个三十多岁的汉子了，这些年跟着母亲在商场上摸爬滚打，摔打得已经有了几分成色，娘俩一路把海口、琼海、三亚的情况看了个大概。

冰冻三尺非一日之寒，想将海南这个蛮荒之地改造成一个国际自贸港谈何容易，没有国家投入大笔资金，没有几十年的艰难奋斗是绝对不行的！

洪英感觉自己老了，孙子上学需要老人的照看，老公身体不好坐不了飞机，犯不上盯着海南这点玩意不放手。

儿子是个孝顺孩子，从小看着母亲费尽心力攒下这些家业，孝以顺为佳，海南的事情就依了母亲的意见，干就让二叔找人干，不干就把原来的土地转给别人。

洪英早就对老二钱宝产生了厌烦和失望，认定钱宝就不是能干什么大事业的人，顶多算个投机分子，前些年听了他的话，好端端地把几百万的资金压在了海南的土地上，一压就是十几年，损失太大了！这些损失就是把老二一家连人带东西都卖了也还不起！

人的情绪都是一点一滴慢慢积累起来的，各种情绪攒在一起，到了一个关键点上就会变成一个大决策。

有时候，人们会对某个人做出的超乎正常思维的决定大惑不解，认为这人是脑子进水了，其实不然，只是不了解事情的发展过程罢了。

洪英和儿子洪海从海南回来了，老二钱宝赶紧来到大哥钱存家，一场内部拉锯战正式拉开了序幕。

洪英平静而果决地向老二宣布，海南的土地以两千七百万的价格转让给了东北长春的开发商，等一切手续办妥后就将海南的实业公司注销，结束在海南的一切商贸业务。现在可以通知另外两个股东来领他们的钱了！

钱宝火冒三丈："洪英，你有什么资格擅自做主把地给卖了呀?！那地是我千辛万苦、费尽心机才淘换来的呀！"

"老二，在你眼里，我就是一个傀儡，一个实现你梦想的梯子！我就当一回真正的法人代表了，公章在我手里，各种证件也都拿回来了！没得商量！你们几个股东过来拿属于自己的那份钱吧！"

你争我吵地折腾了两个多小时，各不相让，还把双方好几十年攒下的陈芝麻烂谷子都抖搂出来了，最后还是在老大钱存的劝解下才暂时休战。

钱宝被大嫂气昏了头，当夜找到另外两个股东，把洪英偷卖土地、注销公司的事摊开了，三人商议联名状告洪英，说洪英偷卖土地卷款逃逸。十几年的海南大萧条都熬过来了，眼看着形势见好，翻身的日子到了，怎么能让洪英把事情给搅黄了呢?！

很快，全国公安网页上就有了缉拿在逃犯洪英的帖子，其实洪英一天也没离开过家和单位，造势用舆论压力逼迫洪英低头，这是老二钱宝的战略。

钱宝利用休假日，去长春找到了买地的开发商，那人一听这种复杂情况也就放弃了合同约定，停止继续给洪英支付余下的转让费。钱宝又飞到海南，几番口舌与打点，洪英拿走的印章和法人执照就变成了丢弃的废纸废物。

这一个回合下来，洪英先胜一局，钱宝后来者居上也赢得了一局。

又是两年过去了。老二钱宝提前退休,携老婆去海南全力以赴地搞地产开发项目去了。

老大钱存退休后被市政府聘为政策研究室顾问,每隔一段时间就会去市政府参加听证会。最近几个月竟然没接到过开会的通知,他心里纳闷,就让在司法局上班的二儿子钱洪山去打探消息。二儿子洪山回信说,老爸已被顾问团除名了,主要原因是受母亲洪英被网上通缉惹出的风波所牵连。网民说,洪英的丈夫退休前曾多年任政府要职,老婆能把公司开到海南去,没有大笔的钞票办得到吗?谁也不相信洪英赚的钱与老公钱存没有关系,这些事是头上的虱子明摆着的!

现在这些网民口舌很毒辣,字字戳在当事人的疮疤上,让人捂着伤口不敢叫疼!

三个月后,钱存查出了肝癌晚期,洪英和两个儿子给钱存请了最好的大夫,用了国际上最先进的治疗方案,但这种过度医疗更加速了垂危病人的心理负担和机能衰退。五十天后,钱家老大钱存撒手人寰了。

钱存的大儿子认为老爸的死全都是二叔钱宝一手造成的,老爸的丧事上二叔也始终没敢露面。

人生最痛苦的事情是白发人送黑发人,钱老汉两口子闻讯,心疼得连哭的力气都没有了,老两口一屋一个,躺在病床上打吊瓶，不吃不喝也不说话，十几天后，钱老汉能下地走路了。二十几天后，钱老汉的老伴随大儿子一道归天了。

一个月内失去了两位至亲至爱的人，钱老汉心如刀绞却没流一滴眼泪，他只是平淡地对老三钱兴说了一句："走了，走了好啊！省去了许多麻烦，娘俩也好做个伴！"

二儿子钱宝远在海南忙着跑手续盖大楼，闻听大哥去世的消息痛心疾首，想立刻回老家奔丧，媳妇攥着他的手，说："你一定要冷静，大嫂和侄儿在悲痛之中，他们会将大哥的死归罪于你，此刻你回去后果不堪设想啊！"钱宝这回听从了媳妇的劝告。果不其然，几天后老家传来信息，侄儿洪海发誓要让他以命抵命！

娘也没了。钱宝痛哭流涕，媳妇跟他结婚相伴三十多年，从来没见这个硬汉掉过一滴眼泪，听到娘没了的音讯他竟然捶胸顿足，号啕大哭："娘啊！早知道会是这样，我当初就该依了洪英！多少钱也换不来大哥和娘的命哇！"

钱宝得知老娘去世的消息时已是第二天，即便是当即动身也赶不上火化的时间了，媳妇劝他把悲痛埋起来，不能现在回家，现在回家说不准会搭上这条老命。洪英的两个儿子正值壮年，血气方刚的，不管不顾地真会干出伤害他的蠢事来！万一出了事，让她和女儿怎么活呀！钱宝自己也没有勇气在这个当口回家面对老爹和父老乡亲，就依了媳妇的主意。

洪英料理完丈夫和婆婆的后事,把两个儿子叫到跟前,严肃认真地交代了一项大任务,这项任务的投资额是一千五百万人民币。洪英说:"妈今天把家底给你们,这一千五百万只用来起诉钱宝请律师,其他另算!妈这三十多年挣的钱够你们花的,但妈心里憋着的这口气得出来!不能便宜了钱宝,用我的名义和本钱买地盖楼独享清福,又害我没了男人儿子没了爹,我要让他生不如死!"

打官司,拼财力,拼关系,拼体能,拼心理承受能力!

洪英和儿子要咬住青山不松口,誓要耗死钱老二这个坏种!

钱老汉送走了老伴,就搬进了镇政府办的养老院。养老院里的老头老太太们很不理解,说:"我们这些人都是没儿没女的孤寡老人,你钱老头儿孙满堂,住进养老院是为了图个热闹吗?"

钱老汉说:"是为了图个热闹,也是为了不给儿孙添麻烦。"在钱老汉心里有一杆秤,三个儿子,三个儿媳妇,三个孙子,一个孙女,还有两个重孙女,一个大家庭可谓四世同堂,令人羡慕。孩子还小的时候,大家挤在一个大炕上,合盖一床破棉被,虽说缺衣少食但也挺快乐。儿子长大了各奔前程,忙里偷闲回家看一眼爹娘,他心里也挺满足。如今,大儿媳妇率领两个孙子正在与二儿子展开拉锯战,三儿子忙着生意上的事，谁也没有闲工夫和闲心来关照一下他这个行将就木的老头子。不能住在家里，一个老头住在楼上，吃饭喝水都成问题，难受了连个给拿药的人也没有，不如住进养老院，这里人多不孤单，吃穿住行都方便。

养儿防老，那是说的农耕社会，老皇历不好使了！

洪英和两个儿子跟老二钱宝在法院摆开了擂台。打官司必须找律师，洪英给出最丰厚的律师费，吸引法律界的高手，抽丝剥茧地运用各种法律条文攻击钱宝。钱宝收到法院传票也没感到有什么意外，他知道大嫂和侄子不会放过自己。是福不是祸，是祸躲不过，既然这擂台已经摆上了，那就应战吧。

几个回合下来，钱宝没见着洪英娘仨的人影，每次都是律师在那儿胡搅蛮缠，像台机器一样机械地搬弄法律条文，有时说的外行话让钱宝哭笑不得。老是三天两头地出庭不免影响正常的工作与生活，钱宝干脆也找了个名嘴律师，一年下来光律师费就花了五六十万，心疼得钱宝媳妇直叫冤。

官司打到第三年，钱宝有些撑不住了，找了几个有头有脸的中间人去当说客，让洪英提条件结束这场血亲之间的战争。

洪英说，第一，钱宝要把因地产项目赚的钱的百分之七十无条件地给洪英和儿子。第二，让钱宝回老家来，给老妈和大哥披麻戴孝过祭日，任凭家人发落不许言语。

洪英的两条休战条件，钱宝一条也做不到，这不是明摆着把人往死里整嘛！

　　三年后一审判决，洪英输了，有钱没理也不行呀！洪英不服，上诉高院，二审判双方都有责任，钱宝损失了三百万，以为混战就此结束了，能喘口气过几天消停日子了，不承想，一年以后，法院的传票又到了。

　　这次钱宝沉不住气了，抽空回了趟老家，他不方便去养老院看望八十九岁的老爹，托人将钱老汉接到星级酒店里，八年后头一次跟老爹面对面地吃顿饭。席间父子俩客气得像外人，一句家务事也没谈。钱宝从老爹那毫无生气的表情上判定，老爹压根就不知道大嫂洪英带着两个侄儿跟自己打官司的事。其实他错了，钱老汉是老了，不再关心外界的是非曲直，但当爹娘的只要没闭眼，心里装着的就全是儿女们那些事。钱老汉装聋作哑是因为看着老二的身子还健朗，两个孙子每月来养老院送物送钱，还没疯狂得六亲不认。

　　钱宝见老爹充耳不闻，自己也就不想给老爹添堵了。

　　钱宝从经常接近洪英的老乡那里打听到，洪英近期身体不好，经常咳嗽不止，老往医院跑。从老家回到海南，钱宝坚定了一个信念，以守为攻。自己绝不主动出击，洪英打上门来就抵挡一阵，不打就歇了。

　　洪英真的生病了，查出是肺癌晚期。洪英不惧怕死亡，也没有什么挂心事，两个儿子都娶妻生子，孙女也上中学了，儿孙们的生活不会有什么困难。只是内心里的那口恶气还是没出来，她不想就这样便宜了钱老二！洪英又让儿子立下了军令状，想尽一切办法也要扳倒钱宝！洪海说服律师，律师又打通法院关节，一场紧锣密鼓的家族经济官司又隆重上场了。

打官司拼的是经济实力和身体及心理的承受能力。洪英家底雄厚，又有两个儿子坐镇；钱宝却捉襟见肘，光杆司令一个。媳妇是个医生，女儿在澳洲读研毕业后直接留在悉尼工作了，根本不屑理会家族内部的恶斗，她认为这是件顶级愚昧无聊的斗争！

钱宝什么也顾不上了，成了赶场急行军，隔段时间就要出庭！钱宝累垮了，只觉得每天头重脚轻，晕乎乎的，到医院做了个全面体检，结果是全线崩溃了。半年后，钱宝从医院出来去看老爹，他身上已经安装了心脏起搏器，还挂着体外引流瓶，走路一摇一晃的，脚底下好像没根。

钱家的官司已经打了八年多，从矛盾开始算已经十三年了，先后送走了钱老大和老娘，现在又出现了两个患绝症的，两边花的律师费、诉讼费、差旅费超过了上千万。钱老汉不明白，为什么一家人拼命打架，把自己伤成这个模样，却成全了别人，让律师赚了大钱！

前些时候，钱洪山收到了钱丹妮从澳洲发来的信息，丹妮只写了一句话："山哥，我好想家！怀念咱们小时候的日子！"

钱丹妮是钱宝的女儿，小时候经常和洪海、洪山兄弟俩一起玩，吃奶奶做的农家饭，睡乡下的大火炕。这些年家里打官司，丹妮劝谁谁都不听，她无可奈何，一次也没有回过国。

这眼看到了二〇一八年的春节，钱老汉回了趟自己的家，托人把两个孙子叫到了跟前，开门见山地说："爷爷求求你们，放了你二叔吧！气也算出了，他现在已经是活着比死了还难受啦，权当是为了你爷爷，别让老二和你妈走在我前头！"

洪英听了儿子的汇报，在病床上做出了停止官司撤诉的指令。一场旷达十三年的家族官司终于结束了。

洪英对外说这是看在老爷子的面子上放钱老二一马。钱宝对外说官司打赢了，好歹能过个安静日子了。钱老汉默默无语。

街坊近邻和亲戚朋友说，谢天谢地，老钱家的官司总算结束了，这都是钱惹的祸！

其实，钱本身是无属性的，落到什么人手上就随主人的心思演变成或喜剧或闹剧。

2019年2月21日于海南五指山

候鸟邻居

美丽从小就爱美,特别青睐花草与时装。可怜的是少年时代的美丽,正赶上国家物资匮乏时期,国人忙着解决吃饭问题,填饱肚子、穿上衣服是最高生活目标。

生活的贫瘠消灭不了美丽那爱美之心,妈妈的绿围巾和姐姐的红头绳,仍然可让美丽对着巴掌大的小镜子摆弄上一阵子。

那时流行剪纸,家家户户的窗户门上都贴着大红的忠字形图案剪纸,美丽不光学会了剪纸,还存了许多张糖纸。那些花花绿绿印着大白兔和米老鼠、唐老鸭的玻璃糖纸,都是家住机关宿舍的小朋友吃了糖果剥下来送给美丽的。

人人都会有美好的愿望,美丽儿时的愿望是能经常吃到一颗甜甜的大白兔糖,但那时家里实在太穷了,美丽只好在想吃大白兔糖时,看一眼自己收藏的那些花花绿绿的糖纸。她一边看漂亮的糖纸,一边想象着曾经包裹在糖纸里的那又甜又香、白白糯糯的糖果,想着想着口水就溢满了口腔,咽下口水就等于吃到了糖果。

那是二十世纪六十年代。在那些年月里,大多数孩子都是这样长大的。

时光不管人间事，甜酸苦辣都会过去的。一晃，新中国成立七十周年了，美丽想吃糖得不到满足的往事，已经成为跨世纪的童话故事。

如今的美丽过上了候鸟生活。夏天最热的时候，去乳山银滩避暑，冬天最冷时去海南五指山越冬。吃穿住行全面赶超世界先进水平，美丽早已看过全球五洲四海的名城名景，这可不是少数中国人的特殊待遇，而是普通中国居民的生活常态。

美丽在海南五指山买了一个冬天越冬住的单元房，六年前装修时，看到对门邻居家来过两个老男人，一个七十多岁，一个五十岁露头，听口音像是上海人。虽说是邻居，每天碰脸，但这里是海南岛上的度假城市，人员复杂，出身各异，谁也不便打听对方的姓名和来自何方。

美丽的生活准则是，不操闲心，不管闲事，有困难找物业，有问题找警察，少给犯罪分子留空隙。

对门的邻居装修完房子就走了。

第二年的冬天，对门那个年轻点的男人来了，购置了些家具和日用品就悄然离去。第三年的春节，那年轻点的男人带着一个二十多岁的少妇来住了十几天，因为两家住得太近了，海南岛上的建筑墙体又很薄，所以谁家闹点动静就让邻家听了个一清二楚。

入夜后,夜深人静时,美丽会听到对面房间里传来女人的哭泣声,有时那女人还会愤怒地责骂那男人,但从来没有听到过那男人的反驳声。

海南岛上风清气爽,冬日里格外温润,这里也会酝酿出许多故事,没谁在意隔墙之音,人人都更在乎自己的感受,只要不威胁影响到他人,谁也不会发声。

候鸟生活就是冷了飞去暖和的地方,热了跑到凉快的地方,反正是哪儿舒适就在哪儿安家。

有人会问这种候鸟生活得花很多钱吧,一般工薪退休族消费得起吗?事实上,候鸟生活也花不了多少钱,反正你在家也得吃喝拉撒,也要用水用电,就是要多花个旅途的交通费。买房的现在都升值了,前些年花二十几万就能在五指山或乳山银滩买上个六十多平方米的两居室。对于那些平日里会过日子、收入也一般的退休族也不是什么难事,关键是看思想意识。

候鸟族一致认为,人生苦短,好不容易奋斗了大半辈子,不能委屈了自己,当然要趁着能跑的时候,哪里舒服就去哪里,给谁攒着省着呀,后辈人打心眼里就不领这份情。

美丽也没挣下多少钱,在乳山银滩的小房子花了十多万,在五指山的两居室买得早,才花了十五万,现在两房加起来能卖到一百六十多万了,这不算是赚钱了吗?

那年的夏天格外热,美丽赶紧去了海边小房。偌大二十公里的银滩海边，一栋栋高楼林立，海边小区里来了不少躲避夏日酷暑的候鸟族。可一旦到了冬季，这些候鸟社区就呈现一片萧条之象，连个人影也看不着。

美丽和对门的杨姐到海边去洗海水浴，迎面碰上了她的朋友姜姐。姜姐正陪着一个快要临产的孕妇锻炼身体，美丽见她们搭话聊天，就独自先往前走着。

在海水里闲散地泡着，女人们最惬意的事是聊点奇闻逸事，男人最开心的事是往深水里多扑腾几下显显自己的能力。

杨姐今天显得很兴奋，把刚才见着老相识姜姐了解到的趣闻给美丽絮叨了一遍。杨姐眉飞色舞地陈述了足足半个多小时，美丽也算听明白了原委。

姜姐是杨姐在上海工作时的同事，今年刚办完了退休手续，五十五岁，身体还不错，找了个挣钱的活，侍候浙江一个老板的二夫人待产，孩子生下来也由她来帮着带。

这也不算什么新鲜事，现在不少做生意的老男人，都在外面重起炉灶，另娶一房太太，为的是再生个儿子。这些老男人挑中的女人，一般都没太高的学历，家境普通，需要些钱来改变生活。

在乳山银滩的海滨度假区，美丽去海边冲浪的途中，不止一次地碰上过那位保姆姜姐和待产的少妇。

美丽属于那种多愁善感的女人，常常会为生活中突发的那些莫名其妙的不幸事件伤心流泪，也正是这个软肋主宰着她，相信了那个比自己大着十七岁的男人，二十八岁时嫁给了四十五岁风流倜傥的他，过了二十六年的丁克生活。前几年，老男人突发脑溢血离世了，美丽悲痛过后，打起精神开始了晚年的候鸟生活。

在美丽眼里，男人在老婆跟前就是个孩子，撒娇耍赖没正形，就连佝偻在床上的样子也跟婴儿依偎在妈妈怀里吃奶时一模一样。表面上说是嫁了个丈夫，其实大多数女人都是领养了一个大儿子。碰上家教好点的就让女人省点心，碰上个先天不足的会让女人一辈子像陷入了爱恨情仇的沼泽里，永远活在苦苦的挣扎中。

美丽的老男人长得既高又帅，能歌善舞，专业技能也很出色，是年轻女人们梦寐以求的男神。谁捕获了这种风流才子谁这辈子就有事干了，数不清的情场官司会把女人变成个母老虎和狠心狼。

乳山银滩的海滨浴场很适合初学游泳和不会游泳的老人孩子洗海水浴，大部分沿岸海域沙细如泥，水位刚刚漫过腰际，最深的地方也刚到脖梗。

每当仰望蔚蓝的天空，眼见海天一线，身体融入温凉的海水中时，美丽在灵魂深处就会轻轻呼唤那个爱至骨髓、痛彻心扉的老男人的名字。在美丽的心中，他是人世间最帅最漂亮的男人，虽说大自己许多，但他的风情万种和无限情趣是任何一个男人无法企及的。

在别人眼里，美丽是个大傻瓜，找了个二婚有孩子的大男人，终了独自面对孤寡的晚年。但美丽不这样认为，那些找了年龄相当、生儿育女的女人，有离婚的，也有丧偶的。那些有儿女的更烦心，摊上有出息的儿女，孩子出国或奔大都市讨生活，一年见不上一次面；要是摊上没能耐的儿女，还要被啃老当保姆，连个清心日子都过不成。

在和平年代，社会安定，民生有保障，什么叫好日子？知足就叫好日子。不管外人怎么说怎么看，你只要得到了你年轻时想要的，跨越千山万水，历尽千辛万苦也值了！

美丽在情感世界里得到过也失去过，到了老年自然对周围环境中的人与事多了几分宽容理解，不像有些人那么热衷于评判别人。其实，谁的人生是完美的呢？

又是一个炎热的夏天，美丽在乳山银滩的海滨浴场见到了姜姐带着一个不满周岁的小男孩，旁边跟着一个五十多岁的南方女人。那个小男孩皮肤很白，高突的额头，深陷的眼窝，神态像极了他的妈妈。

美丽从姜姐那里得知，那个小男孩的妈妈是个云南人，为生活所迫才生下这个孩子。孩子刚满月，就拿着男人付给她的二十万元人民币匆匆离去了。如今跟在姜姐身边的女人是孩子他爸爸的原配夫人。姜姐伤感地说，过些天她也要回上海的老家去照顾自己的老妈了，孩子交给原配夫人带着，那个女人是孩子的法定监护人。

北方立冬后的天气干燥寒冷，人们的身体从夏秋过来，汗毛孔都张开着，不经冻，容易感冒伤风，得呼吸道疾病的人特别多。所以，那些在海南买了房子的退休族，立冬后就会赶紧往南飞。

美丽回到了海南岛的家，第一件大事就是收拾卫生。海南岛空气潮湿干净，别看房子一锁就是半年多，但没有什么灰尘，可蟑螂和蚂蚁永远也少不了，到处是它们活动的痕迹。

该来的候鸟邻居都来了，还有几户七十岁以上的老候鸟嫌来来去去得太麻烦，干脆懒得往北方飞了，反正海南岛的夏天夜间很凉快，特别是在五指山，夏季的夜晚睡觉还需要盖上被子，他们索性整年都长住海南岛了。

世上无巧不成书，天底下就常有奇巧事发生。

二〇一九年的冬天来了，候鸟们又开始了飞往海南的大迁徙。最早起飞的是黑龙江漠河老人，九月中旬他们就乘绿皮火车离开漠河老家，一路风尘仆仆地到达海口或三亚。

美丽像往常一样地清理卫生、采购生活用品，为接下来几个月的日子做准备。现在五指山大街上的人流还稀稀拉拉，等过三十几天后，南圣河边的栈道上就人头攒动，唱歌跳舞的小团队会遍布各处小广场。一月上旬,海南岛上的候鸟群会达到巅峰,放寒假的孩子和中青年教师也来找老候鸟们过春节了。

美丽的对门邻居已经两年没露面了。这天中午,邻居家的男人带着一个女人和一个两岁多的小男孩打开了封闭多日的房门。一连几天对门都传来清理卫生、搬家具的声音,半夜也有小孩的哭闹声。美丽尽量不开房门,减少与邻家人碰面的机会。

一周后的一个下午,邻家终于安完了防盗门窗,停止了让人心烦及刺耳的电钻声。美丽刚一出门,不经意间就与邻家女人对视了一眼。好面熟啊,这不是在乳山银滩见过的那个小男孩的监护人吗?这世界太小了,相隔千里万里,人海茫茫的,怎么竟住成了对门?

第二天在电梯里碰到邻家那男人,美丽冲他笑笑点点头,那男人主动说:"我这次带来了我孙子,两个人看孩子还挺忙活的哪。"

"看孩子是累点,可挺高兴,日子过得也快。"美丽接过话茬。

这么多年了,从来就没见过邻家有儿子,怎么突然间冒出来了孙子?乳山银滩的相遇也并非看错了人。美丽是个看破不说破的人,她会把邻家的秘密永远当成臆想中的故事。

这个世界有许多秘密,秘密主要针对知道秘密拥有者底细的熟人，对陌生人就全然没有意义，所以，去一个全新的环境中生活，对生命是一种挑战，也是一种保护。

不要探究他人的过去，只关注自然和自身，也是现代文明人的标志。在美丽看来，人与人之间的关系不过是生命与生命的相伴，缘分深的成了亲人，缘分浅的则成了同学、朋友。邻居一住许多年，这个缘分也不算浅了。

如今的社会很开放，形成了多元时代，有的人终身不娶不嫁，图个清心随意，有的人八十岁了还愣是生下了儿子。没有什么可奇怪的，大千世界无奇不有，只要个人有能力又有需求，八十岁老妪照样可以到月球上转一圈。

多元的时代造就了包容的民心，开放的民族孕育了花样的后裔。让我们敞开胸怀拥抱更加绚丽多姿的明天吧！

2020年1月12日于海南五指山

妙手回春

在这个世界上，人们每日吃喝拉撒地忙忙碌碌，好像没有什么不同，但终因每个人所选择生活轨迹的不同，各自的感觉也会完全不一样。

慧姐和阿琴刚练习完手风琴，准备一起去大河边上的菜市场买点菜，一眼看到张医生和一个老头有说有笑地走过来，她俩下意识地对张医生微笑着点点头，算是打过了招呼。不过这个招呼打得有些勉强。

两个七十岁的老女人谁也没说一句话继续往前走着，当走过了几百米的距离后，阿琴自言自语地说："张医生又换了个老头？"

慧姐说："这可是这几年来换的第四个了。"

慧姐和阿琴说的这个张医生是个远近闻名的老中医，在哈尔滨时需要排队挂专家门诊才能让她给瞧瞧病。她出身于中医世家，又是名牌医学院毕业，确实治好了很多患者。她还曾有一个绰号，叫"妙手回春"。

阿琴说："也就是因为她是个有医德的大夫吧，要是换了别的女人，早就有人把脏水泼在她脸上了。"

慧姐不同意阿琴的观点，慧姐说："一个女人死了丈夫，在几年之内换了四个临时同居的男人，这并不违反哪条法律法规啊。还只允许那些男人变着法地找老婆，不允许女人换几个男人吗？"

其实在中国传统道德观念的束缚下，人们都戴着有色眼镜看问题，不从人性的需要和人生对幸福的追求上解释问题。

张医生在五十多岁时丈夫去世了，但她碍于在一起工作生活了好几十年的同事和邻居的同情照顾，更想屈从于人们从一而终的传统观念，就一直没有再找老伴。反正都是黄土埋半截的人了，将就活着呗。但自从到了海南岛，过了几年的候鸟生活以后，张医生就开始春心萌动，有了找老伴的念头。

她最初萌生这个念头，是受楼上少妇小雅的婚姻经历启发的。

一　小雅的婚姻观

小雅是个土生土长的黎族姑娘，从小爱唱爱跳，聪明活泼，在十三岁那年就被国家选派到北京的音乐学校，在那学习了七年文化课和音乐知识，毕业后回到家乡，当了几年中学音乐老师后，又被调到政府部门负责文化教育工作。

小雅生活的黎寨，世代实行试婚制度，女孩在十五岁以后，父母给她自己预备一间茅屋，如有女孩中意的小伙，她就可以与他同房。试婚期间双方不管哪一方觉得不合适，试婚就自行结束。

小雅从北京学习结束后回到黎寨，刚开始觉得这些黎寨的旧习俗太落后了，但千百年来形成的民族习俗是根深蒂固的，即便政府颁布的婚姻法也实行着，可黎寨的试婚习俗仍然没有改变。

其实黎寨的试婚制度并不全是为女孩着想的，男孩的家人也希望通过试婚来看看女孩会不会生孩子。黎族人生活在大山里，日子过得简单悠闲，但家家都有几个小孩，如果女孩在试婚期间不怀孕，那男孩的家长就要求自家的儿子不用继续去试婚了。

男孩去女孩家的茅屋去试婚也不是随便试的，与女孩试婚的男孩必须给女孩家干一年的大力工，负责稻田农活和家中砍柴、盖房、铺茅草等力气活。

小雅在二十岁那年就与本村一位英俊聪明的小伙试婚，怀孕后就出嫁结婚，生了一个漂亮白净的女娃子，本来小两口恩爱有加，日子过得还不错，但夫家爸妈要求小雅继续给他们生小孩，直到生出孙子为止。

小雅亲眼见到本村的姐妹，头一胎生了儿子又要再生女儿，这样已经算是最有福的女人了；更惨的是一连几胎生的都是女儿，接下来的大半生都蹉跎在生儿育女的生活中，小雅认为太没意思了。

如果答应了男人家的要求，小雅去北京上的这七年学就算白上了。

小雅高细匀称的个头，皮肤略显黝黑，海南的女人都这样，这里的紫外线太强，没有北方女人那种捂出来的白净。但海南的女人天生柔弱，说话永远没有火气，遇到再大的问题，她们还是温声细语地来表述自己的意见。但小雅骨子里有一种东西，那就是不做男人的生育工具，要过自己想要的日子。

小雅细声细语地给老公说："阿哥呀，我不要再生孩子了，如果你妈妈想要抱孙子，你就和别的阿妹去生好了。"

结果就是这样，小雅带着自己的妈妈和一岁的女儿离开了黎寨，搬进了政府机构的员工宿舍。

在与女儿、妈妈一起生活的日子里，小雅认识了从四川来海南承包水电安装工程的包工头廖总。廖总是两个孩子的父亲，他的母亲跟着他一起到海南来看顾孙儿。廖总的前妻在廖总不发达时跟着一个相好的去了深圳，廖总无奈只好和老妈来带一双儿女。

廖总很能干，吃苦耐劳，脾气好，在市里买了三居室的房子，生活上没有经济困扰，认识小雅时，他正在新建的政府大楼承包着工程。

没有媒人穿针引线，只是在同事们的闲聊中相互有了了解，三月三泼水节时又很开心地闹哄了一场，他俩就成了夫妻，不过他们不想再去领结婚证了。

廖总的俩孩子有了妈妈，功课也有新妈妈来负责检查辅导；小雅的女儿也有了哥哥姐姐，小雅的妈妈就可以放心地回黎寨与家人团聚了。

每天早上，小雅都像一个贤妻良母那样，伺候三个孩子去上学，然后坐廖总的车去上班。一晃十年过去了，三个孩子都要去外地上大学了。廖总明显变老了，但小雅却还不到四十岁，这些年生活很熨帖，无风无雨，无病无灾，让她看上去还很年轻。

廖总不放心小雅，整天在小雅工作的环境旁边转悠，有时像个私家侦探，回家后还会说许多侮辱人格的话。小雅是个很有气量的女人，她的脾气好得惊人，面对廖总的无聊指摘，她从不解释也不翻脸。有一天，小雅对廖总温柔地说："廖哥，我好爱你！舍不得跟你分手，但再这样纠缠下去，我就要死掉了，明天我要搬家了。"

廖总做梦也没想到小雅会提出跟他分手，他以为小雅可以无限包容他的闹腾和胡说八道。

小雅就是肚子里能跑火车的那种女人，从不出口伤人，也不计较利益得失，要的只是一份相互的扶持和尊重，但心灵上的伤痕一旦积累到了顶级阶段，她就会毅然决然地选择离开，简直是没得商量。

那位妙手回春的张医生在一个大清早，看到十五楼的漂亮女人从对门严教授家里款款地走出来，感到万分惊讶。小雅很有礼貌地与张医生打招呼，然后坐上电梯外出了。

在传达室门口，张医生看到廖总像往常一样开车去工地，只是没有了小雅的身影，而是换上了刚从四川来的阿姨。

小雅换了男人，无声无息地就像天上下起一场毛毛雨；廖总换了女人，无痛无痒地就像刚刚刮过一阵温煦的小风。这就是海南的风花雪月。

又过了一年，张医生发现很长时间没有碰到过严教授和小雅了，只是经常看到廖总家的四川阿姨提着菜篮子去买菜。一打听才得知，原来严教授因为对海南的潮湿空气过敏，回北方老家去了，小雅和一位年纪相当的台湾商人去台湾生活了。

妙手回春的张医生在小雅身上好像发现了新大陆。小雅一个海南岛上土生土长的女人，能把自己的命运掌握在自己的手里，不被环境和任何人所左右，勇敢地去追求个人的美好生活，这是大都市里的许多现代女人也办不到的事情。

简单，纯净，只是把手贴在自己的胸口上，问问自己到底想要什么样的活法，就是这么个单纯的问题，治疗好了无数病患的张医生就从来没有解决好过。

二　改变

张医生是病人的救星，小雅却是张医生的救星。

张医生从中医的阴阳调和和五行学说中最明白配偶的作用，一个女人独自生活久了，就会呈现阴阳不调、身体虚弱无力、精神恍惚的状态，最佳生活方式就是找一个配偶，过正常人的日子。小雅能做到的，张医生也肯定能做到。

老陈原来是东北边陲小镇上的一个镇长，老伴早亡，他一个人独居了十几年，来到海南越冬的第二个春节就在朋友家里认识了张医生。都是东北老乡，一个医生，一个镇长，收入和品位还算相当，又都喜欢晨练打太极拳，很快就搬到一起过起了日子。

一开始二人碍于礼数，你敬我一尺我敬你一丈，家务共同承担，经济上抢着付款，但日子长了，一些生活矛盾就显露出来了。终因是半路相逢，各自都有自己的孩子，有些财务状况都捂着不说。张医生心里就有了埋怨，与陈老头同居两年，自己倒是不孤单了，但洗衣做饭全套家务都是自己操心，这个男人每月只出个人的生活费，其他的都装聋作哑。

如果只是这些毛病也不算什么，近期老陈东北老家的房子因修公路被国家征用了，补偿了一笔款子，这笔钱到底有多少，张医生压根就没从老陈的嘴里问出来。但打那以后，老陈的脾气见长了，张口闭口的还带上了"老子"，这岂是张医生可以忍受得了的？

不用再费口舌，张医生搬回了自己的房子。

大约有两年的冬季，拳友和老乡从张医生的嘴里听到的话都是"还是一个人生活舒服，不给人当免费的保姆了"。但话是这么说着，邻居又好久不见张医生的身影了，原来张医生又找了能说会唱的齐老头，搬到齐老头家里过日子去了。这次的同居时间更短，两位老人只相伴了半年就散伙了。

为了啥缘故呢？张医生说："这个齐老头太抠门了，每次去超市购物，到了付款时，他都躲起来，不是去上厕所就是说落了东西。表面上说的唱的都很好听，脾气也好从不骂人，但骨子里不是啥好人。"

齐老头却说："张医生太自私了，洗衣服光洗她自己的，做饭专拣自己愿意吃的做，根本不照顾他的感受。"

人老了都想让家人宠着自己，原配的夫妻因为孩子和习惯的缘故，是能够让着对方的，但到六七十岁才认识的夕阳夫妻，太难做到相互包容忍让了。

张医生的第二次夕阳婚姻又宣告结束了。

老年人之间的婚姻关系有两种，一种是有经济需求的配偶关系，一种是完全不存在经济需求的同居关系。

在都市里，大多是女方住到男方的家里，衣食住行都由男方来出钱，女方则把自己的房子给儿女住或者租出去，女方的退休金也自己存起来。这样的配偶关系，只要男方懂礼貌，不无故骂人挑刺，女方觉得有付出也有回报，一般可以长时间地维持共同生活的状态。如果女方不需要男方的经济支持，男方又财迷，不体贴，不懂人情世故，那就在互相看透了看烦了以后宣告同居结束。

张医生就属于不依赖男方经济支持，只需要心灵沟通和生理相伴的那种人，可这恰恰是最难做到的。两个老人在余生之际走到一起，刚开始会客气一些，各自把不良习惯收敛起来，但天长日久，谁也不可能总是夹着尾巴过日子吧，当狐狸尾巴露出来时，相互就会大呼上当了！

你想，年轻人在人生最纯洁的时期都很难找到理想的伴侣，难道到了暮年，还想在染缸里边捞白布吗？那也不现实。

这些道理张医生是在一段时间之后才想明白的，她又开始到处找老伴了。

张医生既然经济上有实力，那就完全可以不计年龄界限，只要谈得来，生活上互相帮助就可以了。张医生遇到了一个比自己小十几岁的男人。那个男人刚离了婚，头一年来海南越冬，正愁没地方落脚，碰上这种好事还能拒绝吗？

张医生很快就被年轻的老伴带出了活力，在广场上竟然玩起了甩鞭子。邻居们眼看着张医生每日阳光灿烂，好像顿时年轻了十多岁。可遗憾的是第二年冬天，张医生的第三任老伴再也没来这个城市。有人说，海南岛太大了，这个男人又去别的地方寻找好事去了。

在这三任老伴中，张医生最中意的就是第三任老伴，年轻有活力，也会迎合自己的心意，只是没有房子，但生活中花钱很大方。

其实老年人吃饭很简单，也不买太贵的衣服，所以只要心情舒畅，其他的事情都好说。

世界上的事情说复杂就复杂，说简单就很简单，但你任性所为，只想满足自己，那是万万行不通的。没有付出就不会有回报，只想让别人为你付出，哄你开心高兴，那是不可能的。如果你不想孤单，想睁开眼睛就有人跟你说话，想有人陪你吃饭、睡觉、聊天，你就得每日买菜做饭、洗衣刷厕所，夜晚听他打呼噜。

还是拗不过害怕孤独的心理需求，张医生又与新老伴同居了。

这就是本文刚开始说到的慧姐和阿琴看见的情景。

阿琴是个传统意义上的贤妻良母，结婚后生了两个儿子，像大多数家庭一样在一地鸡毛的日子里与丈夫白头偕老。慧姐则是个个性太强，对丈夫有一定要求的强势女人，婚姻维持了十多年后，双方觉得实在没什么意思就劳燕分飞、各奔东西了。

慧姐的生活原则实在太挑剔，她认为如果两人没有灵魂上的高度契合，勉强凑合在一块等于糟蹋生命。在慧姐看来，自己的爹娘生养个孩子不容易，不是嫁个人给人当生育工具的，只要感觉不舒服不满意，就不要去碰婚姻。

慧姐不赞同小雅和张医生的婚姻观点，觉得那样太自轻自贱了。现代社会，各种家政服务都实现了商业化，女人只要能挣钱会花钱，没有哪件事情是离了男人办不了的。为了经济和生理需求，在十年多的岁月里频繁换配偶，既污染了自己的心灵，也是不爱惜自己身体的表现。

甘蔗没有两头甜，小雅和张医生一直在追求完美的结合，结果是自己受了伤，还失去了享受寂寞的时光。

慧姐一个人坚持着，但在单身贵族的岁月里终会有非常难熬的时光。有得必有失，享受到一种满足时，必然会同时失去另一种挚爱。没有办法，只有尊重人们各自的选择。

万家灯火，夜幕下，芸芸众生用不同的方式解读着万花筒般人类繁衍生息的大剧本。

你不要强迫自己，也不要强迫他人，去做那个你认为最好的自己就可以了。

2021年2月22日于海南五指山

戒　烟

吸烟有害健康，这个道理谁都懂，可一旦吸上了，有了几年烟龄，再想戒了那可就难了。

巧姐是个烟鬼，每天要抽两盒软中华，手指头都发黄了，烟成了巧姐的命。

智子也是个烟虫子，卧室的墙壁让烟熏成了姜黄色。香烟是智子的第二生命线。

男人吸烟是为了消烦解闷，那女人吸烟又是为哪桩呢？特别是像巧姐、智子这两个超凡脱俗的女人，她们怎么就变成两个烟鬼了呢？

一　巧姐

巧姐天资聪颖，容貌靓丽，毕业于戏剧学院舞美系。三十八岁那年与小自己十五岁的老公成亲，生育一个儿子。谁承想，在儿子十二岁那年，三十六岁的小丈夫忽然脑中风了，抢救后成了瘫子。巧姐原来担心的是小丈夫会嫌自己比他先老,没想到他倒未老先瘫了。打那以后,巧姐就成了烟鬼。

当年这对老妻少夫被亲朋所反对,主要是担心年少的丈夫会在婚姻中场有变故,这下想变也只能变成巧姐的大儿子了。

什么事情最折磨人啊?就是病人,就是病中的亲人。那个与你朝夕相处满怀情意的亲人,他病倒了,从此不能自理,过去的一切甜蜜与依恋都被疼痛和烦心所淹没,日复一日、年复一年地没有好起来的盼头。男人摊上这个就会愁容满面,醉酒度日,不用太长时间家就名存实亡了;女人摊上这个就会以泪洗面,艰难前行。

巧姐是个坚强不屈的女人,她每日细心看护着瘫睡在床的小丈夫,比伺候老妈和婴儿还用心,三年后,小丈夫终于可以挂着拐杖在地上挪步了。男人下地走路的那一刻就是巧姐最开心高兴的时光。

什么叫幸福啊?不同时期就有截然不同的理解与诠释。

人生在世,当厄运撞击你脆弱的生命时,只能咬紧牙关挺过去,怨恨、后悔丝毫改变不了什么。

香烟,在巧姐帮助丈夫站起来的苦斗中无疑是个功臣。

二 智子

智子六岁开始学琵琶,五十多岁时,她被老年大学聘为民乐老师,每次会演,智子的琵琶独奏《十面埋伏》都稳拿一等奖。

女强人大都命苦,智子的丈夫在儿子三岁那年因病去世了,婆婆私下给人说是智子克夫。智子的天塌了,因为从小弹琵琶,智子不会做饭,生活都是妈妈和丈夫负责料理。自己一个人好凑合,但儿子太小了,吃饭上不可以糊弄,智子只好从公主位子上走下来。

后来改革开放了,企业下岗再就业,只凭着会弹琵琶的技能是吃不上饭的。愁啊!烦呀!智子跟劣质香烟结了缘,每天就是没钱买菜也要先买两包大鸡牌香烟。

时间久了,智子的手指头被香烟熏得黄黄的,卧室的墙壁全是烟油子味。儿子很讨厌母亲吸烟的坏习惯,有时会不耐烦地说:"赶快上你屋里抽去吧。"

对于智子来说,在漫长的人生岁月里,真正陪伴自己渡过难关的就是这手里拿着、嘴里叼着的香烟。

时代发展了,孩子们都婚嫁有了后代,儿媳妇都不让烟鬼婆婆看小孩,经过许多次的斗争与磨合,巧姐和智子都戒烟了。抽了几十年了,一下子舍弃了,太难受了,智子有时烟瘾上来了,难受得直想撞墙!

在过去艰难困苦的岁月里,许多人都是靠着那几口烟,才把苦痛扛下来的。新生代要体谅老人们的不良习惯，给他们改变的时间。

可怜天下父母心，爸妈为了孩子，可以牺牲生命，难道还不能丢弃不良嗜好吗？

2021年6月14日于山东济南

青 衣

一

九十岁的青衣玉姝仍然是公园京剧角的台柱子。

每周有五天的上午九点到十一点，京剧角的老戏迷们都会准时来公园的长廊下唱戏。玉姝则是资历最老的青衣。

记得六岁那年，家乡大旱，两年颗粒无收。为了活命，爹娘让亲戚在省城给二妮玉姝找了个学戏的饭碗。学戏很苦啊，那也比饿死强吧！

玉姝的义父是戏班唱花脸的尚老板。尚老板说话粗声粗气的，很少有笑模样。他要求弟子很苛刻，看见谁打瞌睡或偷奸耍滑，就用嘴里叼着的烟袋锅子敲谁的脑袋，那个满是烟油子的铜烟锅子敲一下脑瓜子都能听见动静。

尚老板的日子也不好过，他得养着戏班子里三十几号人，还得逢年过节去有权势的大户人家唱堂会，旧时代的戏子属于下九流，是吃张口饭的，跟要饭的叫花子差不多。

从乡下来学戏的小孩有五六个，女孩长得端正的学花旦和青衣，男孩学老生、小生和花脸。学上一两年后，扮相和嗓音不上道的就跟着师傅拉京胡，再不行的就拉大幕干杂活，反正戏班子里不养闲人。

玉姝六岁就挣钱养活自己了，穷人的孩子早当家。她生来就是唱青衣的料，那嗓音和扮相好像投胎时就已经配好了似的。玉姝十五岁第一次挑大梁唱《霸王别姬》就轰动了戏园子。爸爸破天荒地亲自给玉姝端了回茶壶。

人这一辈子吃哪碗饭都不容易，台上一分钟，台下十年功。玉姝六岁学戏，十五岁出彩，也用了九年多的时光，挨打挨骂罚站都是经常的事。

新中国成立后，戏班子解散了，戏班子的人都分到工厂和街道上干力气活去了。到了"文革"时期，八个样板戏风靡全国，玉姝又开始演李铁梅和阿庆嫂。玉姝演的铁梅和阿庆嫂，着实迷住了一大批革命群众，她成了家喻户晓的名角。

在亲友眼里，玉姝是个很有福气的女人。她的丈夫苗先生是新中国成立前一家印染厂资本家的公子，也是玉姝的忠实粉丝。苗先生喜欢看玉姝演的戏，每次谢幕都送玉姝鲜花，在玉姝二十岁那年，他如愿将省城头牌青衣娶回家做了媳妇。

苗先生把会唱戏的媳妇看得比自己的命都重要，许多年来他承担了所有的家务，玉姝只管唱戏和上班，每月把工资全部交给苗先生来打理，两个孩子的生活及教育也都由他来操心，自己连下碗面条的厨艺都没有。

玉姝没有上过学堂，认识的汉字没几个，更看不懂什么谱子，所有的戏文唱腔全都靠脑子来记，如果不是丈夫包揽家务，后来唱样板戏就成了没谱的事情。

但福气总是有数的，苗先生只陪伴玉姝走了一大半，五十三岁就去世了。玉姝和苗先生一辈子都没有吵过架，那种含在嘴里怕化了、捧在手心里怕摔了的宠爱有时让玉姝有点喘不过气来。以致苗先生病逝后，玉姝好几个月都傻傻地像行尸走肉一般。

恢复演出传统京剧时，玉姝已经体态臃肿、嗓子沙哑，没法登台了。

儿时练功给玉姝打下了好底子，等儿孙都不用她照顾了，她就重新拾起老行当，在公园里的京剧角唱起了青衣。玉姝终归是童子功，唱起戏来就是有味道。

京剧角是公园里的一大亮点，每天都围着许多戏迷，真不错呀！

二

疫情期间，很多人只能在家上网课。丽容把今年的京剧青衣课程捋了一遍，在家里就可以对着手机直播讲课了，真神奇！

青衣丽容，是与新中国同时诞生的人。她十三岁那年进了省戏曲学校的京剧花旦青衣班，在这里度过了五个春夏秋冬，然后就到了省京剧团。

刚进剧团要夹着尾巴做人，这里的美女帅哥多的是，光凭脸蛋和身材肯定不行，拼业务、拼耐心才有希望演主角。于是，丽容跟着老演员努力练本事。

京剧虽说是国粹，但年轻人更喜欢听流行音乐，看流行乐坛的明星表演。通俗歌手登大雅之堂，国粹却要下乡到县里找观众，弄得演员没了热情。没热情就自寻吃饭的门路呗，一年工夫就有百名演员停薪留职自谋生路去了。

不怪任何人，大浪淘沙的滚滚红尘容不下咿咿呀呀的戏曲声。

后来，青衣丽容与本团乐队的作曲思贤成家了。二人婚后住在京剧团的家属院筒子楼里，使用公共卫生间和淋浴房，厨房设在自家门口的走廊里，一到做饭的时候，满楼道里尽是烟熏火燎的混杂味道，呛死个人！

再后来，丽容生了孩子有了责任，心想光待在家里没钱挣也不是个办法呀，于是她同意丈夫去南方为港台歌手写曲子去了。

六年时间，丈夫挣的钱买了商品房，终于告别了筒子楼大杂院般的嘈杂生活。但丈夫却患上了肺癌，没多少日子就去世了。

丈夫走后，丽容很伤心，她不愿意再看见京剧团的熟人，就到老年大学教课去了。这些在老年大学报名学京剧青衣的退休老人，有的会唱八个样板戏，唱得还非常好，但是她们从来没有接触过传统京剧，甚至连听都没有听过。丽容就成了传统京剧的传播者。

老年大学的老师素质参差不齐，有自以为是、骄傲自满的，也有马马虎虎、混课时费的。丽容却很珍惜这份工作，她对已经在戏剧学院学京剧旦角的女儿说，不要看不起普通的劳动者，当战争和疫情发生时，顶天立地的不是唱歌、跳舞、唱戏的艺人，而是奔波在各条战线上的工人、农民、士兵和服务员，几年不唱戏也可以照常过日子，可一顿不吃饭就没力气干活了。

青衣娇弱多情，是戏剧的主角，也是人世间的尤物。有了青衣那一声肝肠寸断的叫板，人世间才有了玉宇天宫般的美妙遐想；有了青衣那千年不变的优美哀伤唱腔，才演了一出出打动无数心灵的恋情绝唱。

青衣，人间的宠爱，绝美的化身。

2021 年 6 月 19 日于山东济南

结　扎

　　说起"结扎"这个名词，现在的年轻人会比较陌生，毕竟现实生活中有许多适龄夫妇想生孩子都怀不上孕，城市里的医院做个试管婴儿要花不少钱，更不用说妻子要遭多少罪了，哪还有人去结扎呀！

　　那是二十世纪八十年代，计划生育是国策，举国上下都成立了计划生育办公室，一对夫妻只能生一个孩子！但人毕竟是动物，政策再狠也管不住欲望。于是，结扎就成了一种时尚。先是对已经生了三个孩子的男人进行结扎，后来又给已经生了两个娃的女人进行输卵管结扎。

　　桂香与丈夫婚后生了一个女孩，婆婆想让她再生个男孩。桂香生女儿时虽说是顺产，但产前开骨缝时那撕心裂肺般的疼痛让她一想起来就胆战心惊。男人又没疼没痛的，当然想再生个孩子，满足他爸妈的心愿。桂香脾气很倔，她对男人说："我爸妈养我不容易，不是让我来你家当传宗接代的工具的！我反正是不会再生了！"

　　桂香在三年间做了两次人工流产，受够了罪。那天，桂香

住进了医院妇产科病房,做了输卵管结扎手术。没有任何人知道这件事情,桂香手术后三个小时就咬着牙自己下地了。

男人一家知道后都愤愤不平地抱怨她,桂香愤愤不平地说:"我的身体我做主,跟谁也商量不着!有罪是我自己难受!"

自从桂香做了结扎手术,男人就冷言冷语地说:"你已经不是个女人了!"

桂香说:"不是个女人更好啊,少遭点罪!"

在生养孩子的过程中,女人付出的艰辛太多了,不管你在娘家多么娇贵,怀孕生孩子的罪你是逃不过去的。

女人太伟大,也太辛苦了。当国家不需要这么多人口时,女人就要去医院做结扎;当人口出生率下降,需要有更多的新生命来到世界时,女人又要让自己的肚皮鼓起来,千辛万苦地孕育哺育新生命。

桂香七十岁了,至今还是忘不了结扎时那种皮肉分离的痛楚,但她不后悔,一切都是自己的选择。

2021 年 7 月 9 日于山东济南

完美婚姻

徐工与靳姐正在举办金婚庆典，来宾自然都是他们夫妻二人的亲友。

走过五十年的婚姻，二人早把爱情变成亲情了。如今两个儿子都年近半百，孙子孙女也上高中了。唯一不让人十分满意的，是靳姐这几年来腿关节老疼，看过大夫、喝过汤药也不见效，索性就懒了下来，家里只要跑腿下力气的活，都支使老伴徐工去干了。久而久之，靳姐的腿连下楼也困难了。

邻居英姐笑着说："靳姐这是让老徐给惯出来的穷酸毛病。"

英姐的老公前几年出了车祸，命是保住了，可腿瘸了，全家祖孙三代需要到外边跑腿下力气的活都落在了英姐身上，把她弄得连个感冒发烧的小病也不敢得。

人啊，就这样，什么人什么命，凡事都有两面性，不可能好事都跑到你家里去。

金婚五十年，在如今社会是很难得的了。靳姐周围的同学工友，没有几个两口子能熬到金婚的。重要的是，他们夫妻谁也没有过婚外情。

英姐逗笑说："不是你家老徐多么爱你，只是他抠门，把钱紧紧地拴在裤腰带上，哪个女人喜欢这样的男人呀？"

英姐说得太有道理了，夫妻相处久了，整天一地鸡毛，总会有厌倦了的时候，可那种会过日子的习惯根植于心，习惯自然会管住一个人。

徐工喜欢过一个文雅知性的女同事，但他的薪资被老婆控制住，他出去只带着喝水的杯子和公共汽车的月票，约个会吃顿饭都是女方和别人拿钱，时间长了，便没有人再与徐工吃饭喝茶了。

有一次，徐工用儿子单位上发的福利卡买了许多东西，打了辆出租车到了自家楼下，因为兜里没钱，还要现让老婆从四楼上扔下来二十块钱。

兜里没有一块钱，是犯不了偷情的错误的。

徐工的习惯不是老婆给养成的，是那个时代的穷日子让他养成的。每当有人花钱买些奢侈品时，徐工就会在心里暗骂"烧包"，他还老拿这些钱得用多少麦子才能换回来说事。

徐工被靳姐指挥得团团转，每天有干不完的活计，哪还有闲工夫瞟别的女人呢？所以当看着邻居方姐的男人时常趁老婆出差，把婚外的女人带回家过夜时，勒姐就解恨地说："女人可别太能干了，忙里忙外挣来的钱还不是让别的女人用了嘛！"

真让靳姐给说着了，方姐发现男人偷情后誓要离婚，离婚的条件就是把家里所有的财产都给男人，否则男人坚决不离！但方姐并不以为意，丝毫也不觉得自己整天跑买卖赔上了婚姻有什么吃亏的。

五十年的婚姻太不容易了，有很多夫妻相亲相爱，但寿命有限，半路上早走了一个，也坑苦了留在人间的那个。

其实在宿舍的大院里，要数秀芝和她老公最恩爱，结婚十多年竟然没有吵过嘴红过脸，有人说这是因为秀芝长得漂亮，她老公好不容易追到手的，得来不易，所以才格外珍惜。也有人说她老公没出息，整个就是个奴隶。谁也没想到，秀芝的老公在一次锅炉爆炸中丧了命。那天本来不是秀芝的老公当班，他是替另一个工友去上夜班的，偏偏就赶上了锅炉爆炸。后来秀芝又结婚了，那个男人喝酒、吸烟、骂人，但他们却一直生活在一起，吵吵闹闹地相互陪伴着。

现在人都老了，都成了过日子的伴儿，想想年轻时在一起工作的同事还有小时候的同学，有些都不在了，有些患了各种老年病，自己出不了家门，婚姻圆满、身体健康的凤毛麟角。

靳姐深情地看着徐工，对前来探访的方姐说："这些年我腿不好，全亏了老徐啊！我得好好心疼俺家老徐，让他壮壮实实的。他若是有个三长两短，我就没法活了。"

方姐说:"靳姐呀!这辈子能有这么个全心全意爱你的男人,你也是值了!"

2021 年 7 月 16 日于山东济南

挑战痴呆

虽说人老了痴呆是早晚的事情，但尽量地让自个儿晚几年延缓痴呆，还是很有必要的。

七十岁露头的独居老妇人沙太，这个冬天脑子进水了，整天忘事。把钥匙忘在家里，请开锁公司开锁就花了六百块钱了，每次一百元，这一百元也可以买许多生活用品吧，这可好，白白送给开锁公司了。去菜市场买菜，挑了一堆，摊主过完秤该付钱了，这才发现没带手机和钱袋子。从这屋去那屋找东西，怎么也想不起来要找什么东西了。看见老熟人，明知道是自己认识的朋友，就是忘了这是谁了。

既然一个人在家待着怕痴呆，那就出去旅游啊！沙太报团参加过旅游团，但治疗痴呆的效果太不明显。

大爷大妈们早上在城市约定的地点上了旅游大巴，一上车就开始迷迷糊糊地补觉。到了休息区，只听导游说："大叔大妈们，前面就是休息区了，有需要上卫生间的快去快回！"

到了景点，导游买好票，大家排队进场。吃饭时间到了，在旅行社安排好的饭店就餐。晚上，住进导游预先安排好的酒店住宿。一趟下来比在家还不需要动脑子，除了拍照，其他都有人安排得妥妥当当的。

既然这样，那就一个人开始一场长途旅行吧。

一　绿皮火车

好几年没有坐过绿皮火车了，这次坐的是从三亚开往深圳的绿皮火车。

在海口火车站，临近检票时，乘客陆陆续续地都来候车了。沙太正准备收起平板电脑去排队上车时，就见候车座椅对面的老太太正向一位中年妇女推销美容产品。

"今年我都七十了，谁看都不像吧，都说我像五十多岁。"

"那姐怎么保养得这么好呢？"

"是我用了管用的美容产品，妹子买一瓶试试？准管用，涂上不出三天就年轻十岁！"

"谢谢姐的好心推荐，下次再买吧。"

如今都什么年月了，竟然还有在火车站还有推销产品的！

开始检票进站了，乘客们有拉箱子的，也有扛着塑料袋子的，大人呼，小孩叫，热热闹闹地去坐绿皮火车了。

最有时代感的是绿皮火车乘大轮船过海。在海口新港码头，列车分解成四节车厢一组，被推上了大轮船的货仓。原本按前后顺序排列的车厢如今并列成几组，乘客在自己的车厢内可以看到两边车厢内的同车人了。

从列车解体上船，到大船起锚，再到大船靠岸，火车恢复原位，前前后后需要一个小时四十多分钟。下午两点半在海口火车站进站乘车，下午六点才到达广东的湛江车站。

现代人习惯了高铁动车所带来的方便与快捷，哪还经得起这种折腾，火车一到湛江站，许多乘客就连站台都不出，直接搭上湛江去深圳的高铁动车。

从湛江到深圳，高铁运行三个多小时，绿皮火车则需要运行十几个小时。难怪许多乘客宁可赔上绿皮火车钱，也不愿意受时间上的磨蹭。说是坐卧铺可以睡觉，但乘客一会儿上车一会儿下车的，根本睡不好觉，还要时时注意周边情况的变化。

从湛江站上来了一对年轻的夫妻，他们买的是中铺，那个妻子挺着大肚子，好像很快就要生了。沙太把刚才下铺的旅客没有办理退票就下车坐高铁的信息告诉给他们，一会儿补票员就让女人补了差价，女人安心坐在了下铺。从简短的谈话交流中，沙太得知女孩是广西人，师范毕业后到了海南中学任教，因为带的是毕业班，所以马上就到预产期了，才能回老家生孩子。

真是不容易啊，沙太心里泛起了些许对职业年轻人的同情和敬畏。

绿皮车虽说是慢慢吞吞的，但早上六点半正点到达了深圳火车站。

二　难忘的年轻城市——深圳

这次来深圳，沙太是有任务的。沙太是深圳大学九二级的毕业生，对母校是有感情的。那时，若没有大学文凭很难找到赚钱多的工作。为了养家糊口，也为了督促自己往前奔生活，沙太报考了全日制的深圳大学。如果没有拿到这张大学毕业证，她的职业生涯就另当别论了，孩子与老人的生活肯定都会受到一定影响。

深圳的前海，仍然处于建设时期，吊装机械轰鸣，一派繁忙景象。被施工墙板隔离开的沿海绿地公园里，许多游客带着孩子前来宿营、踏青。

在深圳，沙太感受到了城市给老年人的特殊优待。不论是乘地铁还是乘公交车，只凭身份证，年龄超过六十岁的就可以走绿色通道不用买票了。

深圳有个大芬村，是个远近闻名的油画村，几乎全中国的画商都到大芬村来进货。近万名画家都在这里开店营业，种类繁多，油画、国画、刺绣、陶瓷工艺品，只有你想不到的，没有大芬村做不到的。

沙太不由得为深圳的农民点赞，由务农到展画、绘画、卖画，实现了从农人到艺术家的转变。

三 清明暴雨浇泉州

往年每到清明节，沙太都要去祭扫亲人的墓地，今年她却在福建的泉州，体会了海上丝绸之路起点的风雨。

那几日，泉州每天都在下大雨，沙太来到了泉州市惠安县的崇武古城。在这个旅游小镇中，沙太吃了泉州著名的面线糊，看到了惠安妹头戴斗笠、坐着马扎在海码头上为出海归来的渔船分拣海货。

惠安的石雕产品种类繁多，工艺精湛，让人震惊，惠安又被称为"石雕之都"。

著名的古桥洛阳桥，也是惠安的一大亮点，据说它是我国现存年代最早的跨海梁式大石桥。不过因为现代交通桥梁都太发达了，古人的发明都相形见绌了。

眼见离开泉州的火车开车时间就要到了，可那滂沱大雨还是不见小。沙太顾不上其他了，拉上行李，登上公交车就直奔火车站了。

到了检票口，鞋子袜子全都湿透了，裤腿也湿到了膝盖。突然沙太感到奇怪，刚才那一阵子，怎么一点也不糊涂了，劲头十足，踩着泥水，不管不顾的，愣是及时地赶上了火车。

看来，独自旅游还真能治疗痴呆症。没有任何依靠，时间有限，只有攒足一口气，朝着眼前的目标冲刺。

七十岁就犯糊涂，看来是优裕懒散的生活环境培养出来的。

四　万象宁波

宁波是浙江省的第二大城市。沙太之前去了舟山群岛和普陀山，没顾得上去宁波。这次她从泉州直奔宁波。

宁波人治理的城市非常干净有序，在地铁的某一站点摆放着一架钢琴，供孩子和乘客即兴弹奏。沙太也过了一把地铁钢琴瘾，那感觉和地面上真不一样，离开地面百十米，声音很大很结实。

南塘老街，是代表宁波饮食文化的一条特色老街。沙太怀着好奇心，花了二十块钱，买了一个蟹黄包。那个刚出笼的蟹黄包软软的，里面一包汤，需要把一支吸管插进蟹黄包的"肚脐眼"里，吸完肚子里的蟹黄汤，再吃包子皮。没见过吃包子这么费工夫的！

旅游就是见识不同的风土人情，把在家里已经麻痹的神经激发起来，收获不同的生命体验。

没见过的东西不一定好吃，但与众不同。就像宁波的东钱湖，它在城市的郊外，湖面广阔，养育了周边的万千百姓。它虽然没有杭州西湖、济南大明湖精致秀美，但东钱湖的价值不可估量，宁波市区大部分食用水都要赖此湖供给。

离开宁波，沙太又来到位于绍兴的中国轻纺城。中国轻纺城堪称亚洲最大的轻纺产品专业市场，十分值得去看看。

中国轻纺城太大了，那是沙太这辈子见过的最大的纺织品批发商城。门类齐全，种类繁多，几乎涵盖了日常生活所有的纺织品需求。床上盖的，脚下铺的，墙上挂的，没有买不到，只有想不到。

但市场属于厂家直接供货，价格很低，成批运输，不适合个人采购。沙太淘到了几样新面料，是以样品价格购进的。想一想，一个大市场可以供给上亿人穿衣戴帽，那该是什么样的规模呀！

十一天的旅游生活结束了，像被狼追赶着的紧张感也消失了。经过就连睡觉也要睁着半只眼睛的熬炼，那痴呆、缓慢、忘事的毛病减轻了不少。

沙太由衷地感谢时代为老年人出行提供了安全的环境与便捷的方式。

2023年5月29日于山东济南

护 工

四姐的爸妈没有上过学,是老实巴交的庄稼人。那时他们跟着人民公社吃大锅饭,不用操心,天天上庄稼地里干活,靠着工分也生养了六个孩子。

四姐十九岁就寻好了婆家,嫁给了邻村大他两岁的张二愣。农家夫妇无浪漫,白天干活,晚上睡觉,忙忙碌碌,一地鸡毛。转眼间二十多年过去了,大闺女专科毕业留在省城开发区工作,没有时间回老家跟爸妈住几天好好说个话。

四姐夫妻俩本指望大闺女赚了钱能接济家里,供弟弟上大学,可闺女却说城市里生活消费高,自己与他人合租,交通费、通信费、吃饭穿衣,样样都需要钱,自己也存不下钱,整一个"月光族"。

没办法,夫妻俩决定把山地租给果林合作社,张二愣去城里当保安,四姐跟着创业能人晓凤,到省城三甲医院当护工。这样两人的工资加起来,可以支付儿子上大学的学杂费和生活费,余下来的钱可以存起来给儿子将来结婚娶媳妇用。眼见爹娘都七十岁了,倘若身体有个好歹,也是需要手里有钱的。

中国农村有重男轻女的旧观念，女儿出嫁要男方出彩礼，女方家用部分彩礼钱来做嫁妆，不会因为闺女出嫁而背债务，多少还能贴补娘家的生计。儿子娶媳妇就不一样了，再穷也得有间婚房，送女方家一份彩礼吧。儿子在省城读本科，毕业后肯定要留在城市里，婚房的首付得男方家出吧，不然生下孩子凭什么跟你姓呢？

一

四姐住的山村离打工的三甲医院有二三十公里，镇上有三条公交线路直接到医院门口。每天清晨五点，张二愣骑电动车把四姐送到镇上的公交车站，四十分钟后四姐就进了医院的护工打卡任务分配点。现在政府把水泥路修到了村村户户，农民进城务工、购物像走亲戚串门，太方便了。

近郊的农民家里，几乎没有六十岁以下的男人女人在家里务农了，大多数人的土地都租给了合作社，等着年底拿地租和分红。恋家的人留在村里给合作社打工，每月两千多块的工资，大多数有学历的年轻人选择进企业或考公务员，学习不好的干快递或送外卖，懒点的就去做保安。

保洁、护工、家政这样的工作，城里人很少有人愿意干，所以新兴了一批乡间有见识、人缘好的"猎头"，他们有层级分配，专门为大型社区、医院、家政公司，在近郊农村招聘愿意去城里打工的人。这些人对工资要求也不高，人也比较老实。近十几年来，中国大中城市的环卫、家政等服务系统都是他们在支撑着。

四姐从小在乡间长大，十分熟悉农户家里里外外的所有秩序，但一进现代化的三甲医院，就完全手足无措了。好歹护工不是高科技岗位，一个星期后，四姐就上岗了。

四姐的第一个岗位是保洁，负责一个病区的厕所、走廊、病房的清理工作。按理说打扫卫生对女人来说不是难事，在家里谁不是天天干这种活呢？卫生如果指望男人打扫，家里还不变成猪圈狗窝呀！

医院是为全省人民服务的，凡是在各县市基层医院处理不了的疑难杂症和大型外科手术都会送到省城大医院来治疗。不论春夏秋冬、白天黑夜，救护车总会源源不断地送来新病员。现在实行网约挂号了，病员可以在医院的网络平台上预约自己有意向的专家大夫。

医院简直比商场集市还要热闹，整日人来人往，清洁工作并不轻松。许多乡民大哥大嫂干了几个月就嫌太累了，没有在家自由，就打道回家了。四姐在这个岗位上干了一年多，领导看她踏实安稳，干活有眼力见，就调四姐去了六楼的高干病房。

二

　　高干病房有长年住院疗养的八十多岁的男女离休老干部，他们的孩子大多都在北美发达国家生活，留在国内的两极分化，混得好的当企业老板或政府官员，不努力的就当啃老族，反正老爸老妈每月的退休金够他们吃喝的，只要老人还喘着气，每月就能领到钱。所以，高干病房住着的老干部都能及时输液供氧，年龄越活越大，每年的医疗费用超百万的也不稀罕。

　　四姐刚开始内心有几分不平衡，可当知道这些老干部都是国家功臣，曾经为新中国成立和发展做出过卓越贡献，现在老了病了，赶上国家也富裕了，享受发展红利也是理所当然的，只是便宜了躺在老一辈功劳簿上睡大觉的孩子们。

　　世界上没有白享的福，凡事都有个源头，别看着别人舒服就眼红，有的是爷爷奶奶积下的德，有的是爸妈赚下的钱。

　　四姐自小懂事乖巧，不自私，与人相处总会先为他人着想，宁愿自己多下点力气，少拿点好处，也不与人为了利大利小而产生纠纷，所以四姐在哪里都受欢迎，也能干得长久。

　　在往返乡间与医院的公交车上，有许多去城里打工的乡亲，公交车就是他们进行语言交流的大平台。邻村的一个大嫂，在城里一个高档社区干保洁,每月工资两千多块钱,负责两栋三十一层楼内电梯间和走廊的清洁工作。

四姐问:"大嫂累不累呀?"

大嫂说:"累也不算累,风吹不着,雨淋不着,比在地里干活轻快多了。就是有时候心里烦得慌,凭什么一样的人,咱也五六十岁了,到城里伺候那些住高楼洋房的人?他们比咱们多长了个鼻子,还是多长了只眼呀!"

四姐经过两年的医院护工生涯,学会了冷静分析事情,没有顺着大嫂的话茬往下聊。四姐说:"俺闺女现在在城里的写字楼里上班,刚开始看到人家城里长大的孩子有房有车,活得很潇洒,自己却是个月光族,内心深处也很纠结,但现在那股劲儿过去了。人家的祖辈爸妈进城早,有的画家一幅画能卖十几万,教钢琴一小时就赚二百块,这是咱乡下人比得了的吗?"

她们还聊到余家的二妹,她在酒店干传菜工,手脚不停地忙,每月工资才三千多,但领班啥也不干,一点力气也不下,每月能拿七千块。二妹找经理说这样太不合理了,影响工作情绪。经理告诉她,只要她英语、计算机、开车都过关,她也可以应聘领班。二妹什么也没再说,此后安安稳稳地当她的传菜工了。

社会总是要向前发展的,文化、科技是排头兵,想吃好的住好的，首先要从小认真读书，刻苦学习，吃得了大苦，稳得住心神，方可担大任赚大钱。

护工看似简单，却不是什么人都能干得了的。村里的二妞，高考落榜后又不愿意干农活，就加入了护工的行列。二妞第一次的服务对象是个八十多岁的城市退休女教师，态度和蔼，善良可亲，但要求苛刻，尽求完美，一个农家女孩怎么可能在生活细节上达到城市女教师的标准呢？二妞为了让护理方满意，又重新学习了一次护理学。

现代社会就是这样，在城乡公民相互提供服务和尽力达成契合满足的过程中实现共同提高。

护工是都市养老医疗事业中不可缺少的职业，很需要善良、健康、有爱心的青壮年男女积极加入其中。

2023 年 8 月 26 日于山东济南

子鹰童趣

前言

老山羊有四个小外孙,每到老山羊与小外孙相聚的日子,小外孙们就会和老山羊一起去外面游玩或看电影。晚上睡觉前,小外孙还要缠着老山羊,让她给他们讲小外孙的故事。

小孩在十二岁以前属于儿童时代,小孩都希望自己的长辈能在睡觉以前,给自己讲个充满幻想和童趣的故事,让故事里的人和事陪着自己进入梦乡。

老山羊没有理由拒绝小外孙们的合理要求,只好答应每天晚上睡觉前,给小外孙们讲一个关于小外孙的故事。

一 秋禾

1

老山羊的女儿叫红面猴。

红面猴长大后与千里驹结了婚,生下了大儿子秋禾、二儿

子安鼠、女儿虎丫和三儿子冬至。

老山羊只生了红面猴一个女儿，可红面猴却生了四个孩子。老山羊担心女儿身体太忙太累，心里不太高兴，可看到四个活泼可爱的小外孙后，又打心眼儿里疼爱和喜欢。

记得那是大外孙一岁零三个月的时候，红面猴独自带着他乘飞机从南非的约翰内斯堡回到山东济南的家中探亲。老山羊还在离家很远的山区工作，小秋禾的爷爷奶奶把大孙子接回老家高青抚养，妈妈红面猴肚子里怀上了第二个孩子，正害喜难受着。

春节到了，老山羊放假回家了。大年初二，老山羊叫了出租车，专程去高青接秋禾。冬天的北方，天气又冷又干燥。为节约时间，爷爷奶奶抱着秋禾在路边等待。老山羊的车到了，爷爷奶奶把秋禾交给了老山羊。小秋禾看了一眼老山羊，无言无语无表情，顺服地投进了老山羊的怀抱里。

汽车行驶了两个半小时，秋禾在老山羊的怀里也睡了两个半小时。老山羊心想，这小外孙真乖！可我只见过他一次面，说是去找妈妈，他就一声不吭地跟我来了，那要是陌生人也能抱他走吗？

位于济南大观园的家到了，车停下的同时秋禾立刻睁开了眼睛。红面猴接过老山羊手中的儿子，没等亲上一口，秋禾就放声大哭起来，他是在用委屈的哭声向妈妈表示着抗议：这么多天，妈妈你去哪里了啊？

红面猴拍打着小秋禾："禾禾好，禾禾乖，禾禾不哭了！妈妈以后再也不离开你了！妈妈向你道歉还不行吗？"

2

秋禾是个喜欢主动跟人打招呼的外向孩子，不管在任何场合，秋禾都能迅速与人打成一片。

第一次回国返程，在北京首都机场的三号航站楼，一岁半的秋禾就站在行李车里，晃动着小手，主动向过往的乘客打招呼。小秋禾的热情让机场的行人感到很愉快。

春节到了，按照中国人的习惯，过年时长辈应该给小辈压岁钱。秋禾自然会收到不少长辈给的红包。

每当有客人来了，秋禾都会很有礼貌地按照妈妈的要求向来人问好，打招呼。秋禾穿着毛呢格子做成的小西服，与给他红包的客人握手致谢，完成礼仪后就又去玩自己的玩具了。

老山羊发现，秋禾很有分寸，向给他红包和玩具的人握手致谢，向没有带来红包和玩具的人只行语言和注目礼，省去了握手这一环节。禾禾虽小，但心里太有数了，天生一个小绅士。

正月十五看花灯，老山羊抱着秋禾，去大观园看踩高跷的。忽然，爆竹声响，吓得秋禾紧紧地依偎在老山羊的怀里。老山

羊说："害怕吗？咱们回家吧？"秋禾连连摆手，表示不要回家。老山羊明白，秋禾是个喜欢热闹的孩子，就是害怕也要看热闹。

许多年过去了，那也是老山羊和小外孙共同度过的第一个元宵节。

3

济南的冬天，房子外面很冷，小秋禾大部分时间都要在房间里玩。

晚上，老山羊和美姥姥把一条大浴巾拿来，让秋禾躺进浴巾中间，两个大人一人揪着一头，开始让秋禾玩摇篮游戏。秋禾躺在浴巾做成的摇篮里像个婴儿，被摇来摆去的，不时发出欢快的笑声。太姥姥坐在床上，看着小秋禾高兴的样子，也非常愉悦地享受着四世同堂的幸福时光。一会儿，老山羊和美姥姥就累得气喘吁吁、满头大汗了。

入夜了，大人们都困得睁不开眼睛了，小秋禾穿着纸尿裤从被窝里钻出来，光着小脚丫子从这屋跑到那屋，一刻也不闲着，引得小猫咪也上蹿下跳地喵喵叫唤。太姥姥说，这个小调皮真能闹腾啊！

中国老百姓家有句俗话，添个孩子等于添了十亩地。这句话的意思有两重，第一重意思是说，生下一个小孩，家里就多了许多活儿，像买进十亩地一样忙碌；第二重意思是说，小孩是个大活宝，孩子长大了就是家庭财富，比买了十亩地还强。秋禾就是家里的第一个宝贝疙瘩。

二 安鼠

1

安鼠是红面猴和千里驹生的第二个儿子。

秋禾是二〇〇六年十月出生的，属狗，正值秋天，所以叫秋禾。安鼠是二〇〇八年七月出生的，属鼠，所以叫安鼠。

老山羊非常挂念红面猴和两个小外孙，坐上飞机，来到了南非的约翰内斯堡，住进了西罗町的女儿家。

那是二〇〇八年十二月，秋禾刚刚两岁多一点，安鼠才只有五个多月。老山羊看着住在西罗町台湾人家后厢房的女儿一家四口，心里百感交集。红面猴已经从一个不懂事、不爱干活，只知道看书学习和玩耍的大女孩，变成一个男人的妻子和两个小男孩的母亲。再看小外孙，秋禾光着脚丫，穿着小内裤，在院子里拿根水管浇花，弄得满头满脸全是水。

老山羊把小秋禾叫回屋里擦干净，秋禾带上老山羊的墨镜，倒背着手学大人的样子走路，安鼠在床上爬来爬去，眼看就要滚到床边上，秋禾赶忙扔下墨镜，跑到房门口，冲着爸爸千里驹大声呼喊："爸爸！弟弟滚了，滚了！"

原来，平日里爸爸妈妈忙着干事，秋禾负责看弟弟，发现有什么动静，就会马上报告给大人。

两岁多的秋禾就开始了保姆生涯，好厉害呀！

2

新年到了，趁着放年假的时机，千里驹驾车带着丈母娘和老婆、儿子去郊外的大山水库游览。

约翰内斯堡的郊外非常辽阔，人烟稀少，汽车前行十公里会见到一处黑人定居点。看上去杂乱无章的村落里，有许多黑孩子在玩耍。

新年假期，许多餐厅都关门歇业。千里驹找了一家比萨店，安排一家人坐了下来。红面猴把安鼠放在了沙发座椅上，刚想伸伸酸累的胳膊，就听到扑通一声，安鼠从椅子上滚掉在地上，哇的一声，安鼠大哭起来。

看小孩真的很不容易，稍微放松一点都不行，在孩子小的时候，爸爸妈妈付出了巨大的辛苦，有时连睡觉时也要睁着一只眼。

老山羊住在约翰内斯堡的涉外星级酒店，恰好是一个总统套房，红面猴一家来为妈妈送行。秋禾在浴缸里玩耍嬉闹，洗好澡的安鼠惬意地在大床上爬来爬去，这种景象让老山羊感动得热泪盈眶。人啊，一辈子最欢乐的时光，不就是与家人团聚的时刻吗？

又一次亲人分别的时候到了，秋禾哭着与老山羊告别，老山羊是个极少流泪的硬心肠，唯有那次泣不成声。

3

红面猴又生了一个小孩，这是个女儿，取名叫虎丫。

虎丫是二〇一〇年五月出生的，那天红面猴没有来得及去医院，就在自己家的浴缸里生了虎丫。虎丫只比二哥安鼠小一岁十个月，比大哥秋禾小三岁半，也就是说，红面猴在四年中生了三个孩子。

从小被家人宠爱的红面猴，一下子生了三个孩子，真让老山羊担心啊。老山羊又一次请了年假，借着元旦放假的机会，飞到了约翰内斯堡。

在机场过安检出境时，一位黑人警察牵着一条大狼狗向老山羊走来，大狼狗围着老山羊的行李包边转边汪汪乱叫。警察用蹩脚的汉语让老山羊把行李袋里装的东西都倒在检查台上，然后把老山羊带来的金华火腿和莱芜香肠都扔进了一个车子里。老山羊气坏了，这警察也太不讲道理了吧，那是她带给小外孙吃的！

没人搭理老山羊，一会儿工夫，警察和大狼狗就没有了踪影。老山羊拖着轻快了许多的行李袋，边走边说："走过千山万水，又坐汽车又乘火车又坐飞机的，到头来却便宜了机场的大狼狗了！真可恨！"

老山羊被女婿千里驹接到了西罗町的家里。这是女儿女婿新家，大大的院子，宽敞的房间，还有一个儿童游乐园。

老山羊看到秋禾、安鼠都长高了不少，已经七个月大的虎丫胖乎乎的，大眼睛眨巴眨巴的，透着一股机灵劲儿。

三个小外孙虽然都是红面猴生的，脾气性别却大不一样。

老山羊给秋禾、安鼠各买了一套恐龙玩具，小哥俩坐在客厅的地毯上，摆开了恐龙长蛇阵。过了一会儿，安鼠就上去拿秋禾恐龙长队里的两个小恐龙，秋禾说："安，你自己也有！不许拿我的！"安鼠不听，坚持要把哥哥的恐龙放进自己的恐龙队伍里。秋禾生气了，拿起手中的小恐龙就朝安鼠打去。安鼠哇的一声哭了，边哭边说："爸爸，哥哥打我头！"

千里驹从书房走出来问："禾，为什么打弟弟？"

秋禾说："他拿我的恐龙！"

安鼠说："没有，那是我的！"

爸爸过来看了看，安鼠的恐龙队里正好十二只，没有多余的啊！这肯定是秋禾的错，该教训他一下了。

爸爸说："禾，拿小棍去！"

老山羊想，小棍肯定是打孩子的工具。昨晚睡觉前，老山羊看见秋禾拿一根小木棍，把小木棍压在了放脏衣服的筐子底下。

秋禾满屋子转悠着找小木棍，找了一会儿，对爸爸说："爸爸，对不起，小棍不见了！"

爸爸说："再去找！"

秋禾又到各屋子里去找，回来对爸爸说："爸爸，小棍找到了，打几下？"

爸爸说："到你屋里脱好裤子等着去吧！"

老山羊觉得有点不对劲，昨天刚买的恐龙，每套十二只，怎么会少了两只呢？

看爸爸要拿小棍打哥哥了，安鼠钻进书房的电脑桌下面，把自己藏起来的两只小恐龙拿出来了，对爸爸说："爸爸，对不起，小恐龙找到了。"

小恐龙找到了，爸爸就不用教训秋禾了，安鼠真不愧是属鼠的，天生就爱藏东西，藏完东西很快就忘了，哥哥免不了要跟着受些冤枉打。

4

老山羊带着秋禾、安鼠去后院的空地上玩，秋禾骑一辆小自行车，安鼠坐在一辆半自动的玩具车上。一会儿，秋禾骑着自行车跑得满头大汗，安鼠手里捧着几朵喇叭花过来了，秋禾也去花丛里摘花，可忙活了半天让树刺扎疼了手，却一朵花也没有摘下来。

老山羊也试着去摘一朵花，结果也没有摘下来。安鼠过来把花叶和花苞轻轻地拨开，慢慢地提起花瓣，喇叭花就摘下来了。老山羊看着安鼠的小巧手，心想，这个小外孙心真细，像个女孩。

老山羊清理房间的地毯，安鼠就会帮着捡遗留下的垃圾颗粒，每次安鼠都能捡到几颗放到老山羊的手心里。听到姥姥的夸奖后，安鼠开心地笑了。

爸爸在前院的儿童乐园里，做了一高一低两个秋千。高的秋千上坐着秋禾，低的秋千上坐着安鼠。老山羊推一下高秋千，秋禾就欢呼着荡起秋千；老山羊连续推几下低秋千，安鼠就高兴起来。

妹妹虎丫坐在小车里看两个哥哥玩耍。过了一会儿，虎丫不想坐着了，要老山羊抱。于是，老山羊就抱起虎丫，领着安鼠就朝后院走去。

"姥姥，姥姥！还有我哪！"秋禾大声地喊。

哟，怎么忘了大外孙秋禾还在高秋千上坐着呢？高秋千有一米多高，秋禾自己是下不来的。老山羊赶紧把虎丫先放到小车里，然后将秋禾从高秋千上抱下来。

老山羊和小外孙在一起的时间不多，见面后除了吃就是玩。每次吃饭时，最常见的是小外孙要大便。

一家人坐在餐桌旁正准备吃饭，安鼠说："我要大便。"爸爸刚为安鼠擦完屁股，虎丫的纸尿裤就需要更换了。每次吃饭都面临同样的问题，爸爸千里驹一边忙活一边说："真服了你们！"

没办法，两个年轻的爸妈，带着三个小孩，就算是什么工作也不干，光是一家五口人的吃喝拉撒，也会让大人脚不沾地地忙个不停。

三 虎丫

1

当老山羊听到电话里的女婿说红面猴生了个女孩时，老山羊心里就像一块石头落了地。

红面猴有了两个儿子、一个女儿，生活中的琐事会把一天二十四个小时填得满满当当的，再也不需要解释"充实"二字了。

虎丫是在西罗町家里的浴缸里生下来的，虎头虎脑的，像个小肉球，只是头发没有几根，长到六个月时，虎丫的头发才开始变黑变多。

虎丫有两个哥哥，爸爸妈妈忙起来时，都是两个哥哥陪她一起玩。虎丫的两个哥哥都很爱护自己的小妹妹，不管是吃的还是玩的，只要妹妹喜欢就先满足妹妹，时间长了，虎丫就养成了一种撒娇耍赖的习惯。

三个小孩一台戏，小孩都有自己的小脾气。有时会因为一个小玩具或一件小事情闹得不可开交，不太严重时，由大哥秋禾做审判官，不管谁对谁错，一律按大哥的裁决来做；严重时，由爸爸妈妈来处理，少不了是每人挨一顿揍。

每当挨打时，老二安鼠的哭喊声最大，没等开打，就听安鼠又哭又喊地叫道："妈妈，对不起，我错了，我改了！"打完没出一分钟，安鼠就笑容满面了。

老山羊问安鼠："打得疼吗？"

"不疼。"

"那为什么大声哭叫？"

"这样妈妈就不生气了。"

原来这是一种应付挨打的策略。

虎丫和安鼠就不一样，想要的东西拿不到，就会去夺去抢，被大人打一顿后，还是要达到自己的目的。

老山羊问虎丫："打得疼吗？"

"疼！疼也得抢，也得要！"

"被打了，下次还这样吗？"

"下次还这样！"

虎丫天性里有一股不服输的劲儿。

大哥秋禾总会让着弟弟妹妹，但有时犟劲上来，半天也不说一句话。

一母生百般。孩们各有各的性格特点，这些脾气性格来自上几辈人的遗传基因。外孙的脾气，不是像爷爷奶奶，就是像姥姥姥爷，外甥像舅舅，侄女随姑姑，反正不会像马路上的陌生人！

2

红面猴带着三个孩子，从南非的约翰内斯堡飞回中国北京，再转到山东济南探亲。

在北京首都机场三号航站楼的国际出口大厅，老山羊远远看到两个小外孙每人背着一个小包，步履艰难地跟着妈妈红面猴向前走着，儿童车里坐着不断晃动小脑袋向四处观望的小虎丫。

这支从远方飞来的小分队，每个人脸上都挂满了疲惫和期待。五岁多的秋禾已经是第二次回中国探亲了，三岁多的安鼠和马上就要两岁的虎丫都是第一次回到中国。

"你们娘儿四个，真像一支逃难的超生游击队啊！"老山羊见了女儿、外孙的第一句说的话里充满了怜惜和牵挂。

在北京开往济南的高速列车上，三个小外孙在车厢的过道上走来走去，看着什么都很新奇。一会儿工夫，三个小孩就跟一个大姐姐说上了话。

大姐姐问："你们从哪里来呀？"

秋禾说："从南非来，去山东济南。"

安鼠和虎丫什么话也不说，只是使劲盯着大姐姐手中的草莓看，大姐姐明白了小家伙的心思，马上把草莓包好，送给秋禾，说："这些给你们吃吧。"三个小孩马上齐声说："谢谢大姐姐！"三个小外孙忙着头碰头地吃草莓去了。

老山羊看到这一幕后，心想，在国外长大的孩子很单纯，中国家庭的小孩从小就被大人教育说，不要与陌生人讲话，不许吃陌生人给的东西。所以，小孩看陌生人的眼神里充满了恐惧和疑虑。这三个小外孙这样天真纯朴，是不是应该补补课？

在南非，一对年轻的爸妈，要工作还要抚养三个幼小的孩子，不可能给孩子撒娇使脾气的时间与机会。回到中国的家中，爷爷奶奶、姥姥姥爷、姑奶奶、叔爷爷、红姥姥、美姥姥，七八个老人轮流照顾三个小孩，一下子小外孙们就成了大家生活的中心，老人们忙了起来，小孩们就任性娇气起来了。

在济南动物园，三个小孩看完猴子、老虎、豹子等动物后，就会去儿童游乐场玩电动玩具。秋禾驾驶一辆大客车，安鼠开着一辆大坦克，虎丫在美姥姥的陪伴下驾驶一辆小轿车。小外孙一旦玩起来，就会忘了疲劳忘了时间，每次离开公园时，都要大人许下承诺，说好了下次去玩的地方和时间。

环境和教育是儿童成长的重要因素，每一个小外孙都很聪明，寻找着在不同条件下，对自己的天性发挥的最有利时机。

在妈妈红面猴的教育管理下，两岁的虎丫和两个哥哥都实现了自我管理，每个小孩都是自己穿衣服，自己刷牙洗脸，自己吃饭喝水。吃完饭后秋禾和安鼠还要负责洗碗、擦桌子、扫地。洗脸刷牙时，小外孙个子小，够不着自来水龙头和洗脸盆，大人就给他们预备了一只宽厚的板凳，踩上去挺稳当，正好可以让三个小外孙完成洗脸洗手和刷碗的日常工作。虎丫太小了，每天中午吃过午饭，两只大眼睛就疲倦了。懂事的虎丫就自己到床上拉一条小毛巾被盖身上，手里抱个布娃娃，一会儿工夫就哄着自己睡着了。

在中国济南的家里生活了几个月，小外孙们有爷爷奶奶、三个姥姥宠爱着，一个个吃得长胖了许多，但每个人都增添了不少的坏毛病。

有好几个大人服侍着，小外孙自然就不用干什么活儿了。出去游园时，秋禾总是玩了这一项又想下一项，一天玩下来，在离开公园时还是意犹未尽，一脸的不满意。安鼠开始挑食，遇到好吃的东西，一手拿一个，吃得很高兴；遇到不合自己口味的就罢吃，只喝几口粥。秋禾和虎丫就不爱挑食，不管什么饭菜，只要能吃饱就行。

有一天早上，老山羊做好早餐，让三个小外孙起床洗漱后吃饭，她到楼下去买点东西。等回家一看，小外孙们罢吃了，他们集体抗议说："这些食物我们不想吃！"

无奈，老山羊只好按照三个小外孙的意见，重新做了一次早餐。从那天开始，每天晚上睡觉前，老山羊都先征求小外孙的意见，也好制定明天的食谱，避免再次出现罢吃的局面。

有一天中午，老山羊吃完饭就到楼上休息一会儿，小外孙不小心弄洒了一碗稀饭。老山羊说："我困了，要睡一会儿，你们自己清理吧。"半小时后，老山羊到楼下吃饭的地方一看，干干净净的，没有一点洒了稀饭的痕迹，两个大外孙趴在沙发上，虎丫躺在屋中央的地垫上，三个小孩正在聚精会神地看电视剧呢！

旁边的垃圾桶里装了满满一筐餐巾纸。这三个小外孙很能干啊，可也浪费了不少的餐巾纸。

"是安弄洒了稀饭，也是他自己擦的，我只帮他洗了碗。"秋禾解释说。

3

小孩是最会揣摩大人心思的，在济南的家中住了三个月，安鼠和虎丫就长了不少与大人捉迷藏的坏心眼。

吃饭时不吃饭，吃完饭后吃零食。老山羊想，反正在这里也不是长住，就由他们吧。等回南非后，再让红面猴好好教训他们吧。爷爷奶奶来了，看小外孙不好好吃饭，就端着饭碗追着虎丫和安鼠喂他们吃饭。调皮的虎丫，一会儿钻进桌子底下，逮住了就吃一口菜；一会儿又爬到楼梯上，抓住了就喝一口汤。就这么闹腾着，一个多小时才能把一碗饭给喂上。

有时妈妈红面猴从外面回来，看到这样的场景，一声呵斥，三个小外孙马上就成了乖乖儿。

小孩就是这么会适应环境！

老山羊在外地工作，要想和小外孙聚在一起，必须抽工作上的空闲。老山羊不在家的日子里，小外孙来了，就由爷爷奶奶和红姥姥、美姥姥轮流到老山羊家来照看小外孙。

这一天下午，美姥姥买好几张电影票，要带小外孙去万达影城去看儿童彩色大片。秋禾和安鼠早就盼着去看电影了，穿戴整齐准备出发。虎丫刚睡完午觉，不太高兴。老山羊抱着虎丫穿外套时，虎丫忽然放声大哭起来，边哭边蹬着小脚丫说："我要爷爷奶奶一起去看电影！"

老山羊说："没有多余的电影票，时间也来不及了。"

虎丫固执地又哭又闹："我不要！我偏要爷爷奶奶一起去看电影！"

安鼠拉着老山羊的衣服，看妹妹闹得很厉害，就说："姥姥，丫丫再闹，电影就看不成了。"

秋禾说："丫丫就是这样，每次都是又哭又闹的。"

老山羊心里很烦，这个小丫头怎么不讲道理呢？红面猴小时候从来没这样哭闹过呀！

老山羊把虎丫抱给了她奶奶，在虎丫屁股上狠狠地打了两巴掌，说："你就在家跟着奶奶吧！"

让老山羊意外的是，秋禾和安鼠齐声对老山羊说："姥姥，不许你打我妹妹！"

老山羊说："干吗？想打群架吗？不光打你妹妹，还要打你爸爸妈妈呢！"

小外孙平时在家里会闹小矛盾，但在外人面前却团结一心，好几次都是共同抵御老山羊的巴掌。

看完了电影，虎丫的小脾气也"作"完了。

晚上，虎丫开始哄老山羊，说："姥姥，下次看电影会带我去，是吧？"

虎丫有时会很任性。一次洗脚时，虎丫故意用脚丫踢倒盆里的水，把洗脚水溅得地板上都是，姥姥气得要打她，还没开打，两个哥哥就大声喊："不许欺负我妹妹！"

老山羊和小外孙在一起时，也就成了一个老小孩。

四　三个小孩一台戏

1

三个小孩一台戏。

老山羊的女儿红面猴是在独生子女时代长大的，几个大人侍候一个小孩。红面猴长到高中毕业了，连自己的内裤和袜子都没洗过，生活中的大事情都由家里人帮着办好。

秋禾、安鼠、虎丫就不同了，兄妹三人要一起学习，一起玩耍，一起完成生活中的每一件大事和小事。

对于小孩来讲，什么样的事情算是大事呢？吃饭就是头等大事。妈妈为了让孩子好好吃饭，也为了保护孩子的牙齿，规定平日里不允许他们吃零食，所以到了吃正餐的时间，小外孙们顾不上挑剔桌上的饭菜好吃与不好吃，都会争先恐后地把自己碗里的饭菜吃得干干净净。

秋禾的饭量很大，七岁以后，每顿饭量跟一个大人没什么区别。安鼠的饭量最小，合他口味的食物就会多吃一些，不合口味的就光喝稀粥。虎丫的饭量最惊人，她是个橡皮肚子，吃饱了以后，看见好吃的就继续吃，有两次吃的东西不对付，都吃吐了。惊人的是，虎丫吃了吐，吐完还能接着吃。

三个小孩吃完饭，按照每个人的分工，有去刷碗的，有擦桌子的，有扫地的，很快就会把卫生清理干净。

学习也是件大事。每次上语文课、数学课，刚开始三个小孩都坐得有板有眼的，不出十分钟，虎丫就跑到楼上去找玩具了；过上一会儿，安鼠也去上厕所了；只有秋禾始终如一地坚持上完课。上朗读课、音乐课时，三个小孩一起诵读唐诗宋词，一个比一个的声音大，好像小鸭子比赛谁的叫声更响亮。

秋禾是个做事很专一的孩子。老山羊原来以为秋禾是老大，一般情况下老大都不够聪明，所以觉得自己教秋禾练钢琴、手风琴，只是让他认识一下键盘乐器。没想到，经过一周多的教学，秋禾竟然能独立识谱并弹奏出好几首钢琴、手风琴的歌曲了。

这无疑是天赋，小外孙的爷爷年轻时是一位很有造诣的大提琴手。遗传基因也很重要。

老山羊决定让小外孙排演一场音乐会。于是，节目的排练开始了。三个小孩都争着要当主持人，那就每个人都排演几次试一试，试了几次后，还是确定让秋禾来当主持人。

朗诵唐诗时，老山羊忽然发现，学习时爱逃课的虎丫，诗词背得竟然比两个哥哥还要准确。原来，在哥哥们大声读课文时，玩耍中的虎丫默默记住了他们读的内容。这就是孩子多的好处，老三为什么聪明，就是因为学习的方式方法多样化。当然，天资聪慧也十分重要。

老山羊看着虎丫就像看到了小时候的红面猴。那年，红面猴也像虎丫现在这个年龄，才三岁多。幼儿园大班的孩子们跟着老师学着读儿歌，老师一句一句地教小朋友，练习了一周。马上就要向家长和领导们汇报演出了，还是有许多小朋友念了上句忘下句。老师很着急，说："你们怎么这么不长记性啊！这样可上不了台！你们谁能背《奇怪的下巴》？"

"报告！老师，我能背！"

老师一看，举手打报告的是小班的女孩红面猴，便问："你又没学，怎么会背呢？"

"我听的。"

"那你站上来背一遍吧。"

红面猴大大方方地站到小朋友和老师面前，十分顺畅地背诵了《奇怪的下巴》。

汇报演出的时候，幼儿园的小朋友集体背诵简单的诗句，红面猴唱了那首句式很长的《奇怪的下巴》。

老山羊在观众群里，看到站在台上毫无惧色的女儿红面猴，高兴得眼睛里充满了幸福的泪水。三岁多的小孩，能记住这么长的儿歌，真是超常的记忆力。

孩子的成绩永远是妈妈的骄傲，也是爸爸妈妈工作生活的动力，而小外孙的成长更是老山羊心里快乐的源泉。

2

排演一场节目，是需要做许多工作的。秋禾建议由兄妹三人共同来画一幅画，挂在墙上当幕布。

绘画开始了，这是一张一米二长、六十厘米宽的儿童绘画纸，是秋禾从妈妈网购的绘画卷纸上裁下来的。这么大一张纸放在桌子上不方便，他们只好把纸铺在地板上。安鼠找来姥姥压书用的镇纸，将画纸的四角压平。

绘画开始了。首先是秋禾用粗线条的水彩笔在画纸中央写上"二〇一四年圣诞演唱会"，然后由安鼠来画蓝天白云和大雁小鸟，其余的空白部分全部都由虎丫来创作完成。经过两天的努力，小外孙终于把圣诞节的演出幕布搬上了墙壁。

开始排练节目了。首先是三个小外孙共同演出的小合唱，接下来是安鼠表演的杂技。安鼠特别喜欢爬杆爬门，他的手臂和脚丫很有抓力，他能爬到门框顶端，用两手双脚撑住门框，背诵六首唐诗。安鼠在门框上站着，秋禾和虎丫就在安鼠的两腿下钻来钻去，虎丫还要去挠安鼠的脚心。

最热闹的要数器乐合奏，安鼠把电子琴键盘上的架子鼓调到最大声音，秋禾抱着大抱枕，随着电子琴的音乐不停地摇摆，虎丫穿戴好漂亮的裙子，头顶着花环跳起舞。每个小孩都尽情发挥着自己的特长，笑得老山羊都尿到裤子里了。

秋禾弹琴，一板一眼，老师怎么教就怎么弹。

安鼠弹琴是按个人的想象，想怎么弹就怎么弹。

虎丫跳舞是自编自演，最喜欢跳《姑娘我爱你》和《坐上火车去拉萨》。

每天晚饭后的一个小时，虎丫都让老山羊打开音乐，跟着她来学舞蹈，有时安鼠也会过来凑热闹。

人年纪大了，与孙儿们相处才会发自内心地高兴起来。老山羊在与三个小外孙的相处中，明白了当年大兵老爸为什么那么喜欢带着小外孙女红面猴到外面去玩了。

和小外孙在一起，老山羊说说笑笑，凭感觉而行，这是一种难得的惬意。

五　子鹰小组

1

当时，电视上正在播一部国产电视剧，里面有一个三人小组，三人小组的名字叫子鹰小组。秋禾就号召弟弟妹妹成立了子鹰小组。子鹰小组的组长由秋禾担任，组员自然就是安鼠和虎丫了。

每次子鹰小组开始执行工作任务时，家里都会被搞得天翻地覆。搭城堡时，每个小孩都想方设法地利用家里现有的家具、被子、枕头来搭建属于自己的老巢。

秋禾的窝永远都是最方便最简单的,就在大桌子底下,门口放两个方凳挡着,十足的一个小狗窝。安鼠的洞穴很复杂,用好几把椅子连起来,上面用棉毯盖好,安鼠要趴在地上慢慢爬到洞里,整个就是标准的耗子洞。虎丫可不像两个哥哥,她用钢琴凳和两把大椅子并在一起,上面铺上大花褥子,椅背上放一个靠枕,坐在上面又吃又喝的,好像一个山大王。

老山羊看了三个小外孙搭建的窝,心想,真是太奇怪了,怎么完全归了各人的属相呢?

搭完窝后,战斗就开始了。小外孙们开始穿墙越窗,爬上爬下,互相追逐,连家里的桌椅板凳,打扫卫生用的梯子都派上了用场。他们从这个窗口进去再从那个门里钻出来,每个人都紧张地穿行不息,躲进大窗帘里,跳到浴缸里,匆匆忙忙地跑个不停。有一次,半个小时过去了,谁也找不到秋禾。安鼠和虎丫求老山羊帮忙,老山羊在衣橱里揪出了脸已憋得通红的秋禾。

老山羊揪着秋禾就往他屁股上打了两巴掌,愤怒地说:"打死你这个小坏蛋!不许再往衣橱里藏啦,那样要闷出毛病来的!"秋禾低着头,知道自己这次做错了。

济南的夏天很热,每到下午两点,老山羊就让小哥俩脱了衣服,泡进浴缸里,两个光腚猴儿在水里你打我闹地能玩上一个多小时。小哥俩穿好衣服后,老山羊仔细清洗浴缸,放好新水,再让虎丫进到浴缸里,一个小女孩就需要许多在水里能漂起来的玩具。虎丫自言自语地用玩具倒腾水玩,也能自己玩上一个小时。小外孙们长大了,老山羊感觉省了不少心。

2

电视剧《铁血红安》是一部反映在抗日战争和解放战争时期,湖北黄安三个男孩成长报国的悲壮故事。

剧中铜锣、杠子、慧平同乡三兄弟之间的友谊,以及炮火中枪林弹雨的热烈场面吸引了秋禾和安鼠,每天晚上老山羊看完《新闻联播》后,家里的电视就完全被秋禾、安鼠霸占了。开始,虎丫会在自己的房间看儿童片,过了几天,虎丫看秋禾、安鼠连吃饭睡觉都在谈论《铁血红安》中的情节,就加入子鹰小组的活动中去了。

自从看了《铁血红安》,安鼠就迷上了铜锣,铜锣的勇敢给幼年的安鼠注入了一种力量。秋禾更喜欢性情温和、足智多谋的慧平,凡事先让他人一步,不强出手,该出手时绝不手软。虎丫太小了,又是个女孩,跟着哥哥们看战争片只是图个热闹,她噘着小嘴巴说:"我谁也不喜欢,打打杀杀的干吗?我喜欢熊大、熊二,在森林里想怎样就怎样,也没人管没人骂,多好!"

孩子的性格与偏好,三岁以后就会在个别事件中突显出来。

有一次,从外面回来,老山羊不见了秋禾和安鼠,纳闷之间,突然听到从阳台上传来的安鼠连哭带叫的呼喊声。老山羊跑到阳台上一看,顿时大惊失色,秋禾正在用双手箍住安鼠的脑袋,用腿踢安鼠的屁股。看到秋禾那又气又恨的样子,老山羊猜想一定是安鼠做了什么对不起哥哥的事。

老山羊上去一把把小哥俩拉开,不由分说地朝秋禾屁股上就是两巴掌,问:"为什么要打你弟弟?"

秋禾已经是九岁的大男孩了,老山羊的巴掌只当是给他挠痒痒,秋禾铁青着脸说:"问他去!他自己知道干了什么,该不该挨揍!"

安鼠听了秋禾的话后,哭得更厉害了,跑进卧室扑到床上,抽泣得话不成句:"我,我没有……"

晚上,红面猴回家后,老山羊把老大揍老二的事说了,红面猴教训了秋禾一顿,告诫他不许再这样狠命打弟弟,老大承认了错误,却没有说出到底为什么打弟弟。

红姥姥是秋禾的体育教练,在溜旱冰、踢足球的活动中,教练员与运动员形成了良好的信任关系。许多天后,红姥姥弄明白了秋禾打安鼠的原因。

原来这是一场误会。子鹰小组的成员很团结,平时大事小情都由秋禾说了算，秋禾也习惯安鼠和自己站在同一阵营。只是那天在爷爷家，爸爸要提前回新加坡上班，临行前安鼠拉着爸爸的衣角，哭泣着与爸爸告别。秋禾只是低头不语，简单说了句"爸爸再见"。虎丫送爸爸去门外，与爸爸拥抱道别。

爸爸去坐飞机了，爷爷奶奶肯定心里舍不得，儿子这一走又是两年回不了家。

爷爷夸奖安鼠，说还是安鼠最懂事，知道心疼爸爸，安鼠很高兴。爷爷说秋禾不懂事，对爸爸无动于衷，秋禾很委屈。其实最心疼爸爸的是秋禾，只是秋禾长成大男孩了，感情都藏在了心里。

晚上，爷爷喝了酒后还在家人面前陈述了这件事。秋禾认为都是安鼠惹的事，虚情假意地表现自己。回到老山羊家，秋禾把安鼠揪到阳台上，问他那天的事情，哪知安鼠是属耗子的，撂爪就忘，根本不承认有这回事，秋禾急了才打了安鼠。

安鼠很聪明，好汉不吃眼前亏，每次犯了错，不等大人动手，就又哭又叫地说对不起。这次的教训很深刻，安鼠记住了，以后在子鹰小组的各项活动中，他都要看秋禾的眼色行事。

3

安鼠看上去柔柔弱弱的，说话慢声细语，像个小女孩，其实内心是很坚强的。

安鼠六岁时，因为肠道问题做了一次外科手术。做手术前是要进行各种身体检查的，吃药、打针、抽血，每次检查都不能吃东西，也不许喝水。安鼠像个小大人，从来也不表示抗拒，总怕给大人添麻烦。妈妈红面猴心里很感动，几次到病房外面偷着抹眼泪。

安鼠动完手术要打吊瓶，儿科病房里其他的小朋友大都是哭哭闹闹的，他却一个人安安静静地用不打吊瓶的手玩魔方。那段日子里，安鼠就像负伤的战士，勇敢而坚强。

老山羊从美国回来的第一件事就是去医院看安鼠。安鼠像个小大人，给老山羊说了许多知心话。安鼠不说自己生病的事，却说："姥姥，我长大了不找老婆。"

老山羊说："为什么长大了不找老婆？"

安鼠说："唉！找了老婆结了婚，就会生小孩，生了小孩长了病就得去医院打针吃药动手术，又哭又闹的，太烦人了，没意思！你说是吧？"

老山羊说："你现在还小，不想这个问题了吧，赶快养好身体，姥姥带你去看电影，开电动车！"

红姥姥说："这个小孩真有意思，思想还挺复杂哪！"

老山羊心里知道，小外孙受了许多罪，用这种方式来表达自己内心的感受。

安鼠心灵手巧，喜欢用纸折些衣服和玩具。安鼠的数学特别好，在生活中也注意观察细节，总能提出独特的见解。

4

虎丫是个小妹妹，从小就在两个哥哥的呵护下长大，所以有时候很任性，如果哥哥们不按她的意见办，她就会用哭来吓唬他们。但虎丫是个很有个性的女孩，凡事都要争取做得最好。老山羊在书店给虎丫买了一本图画本，为了画那几张虎丫喜欢的图画，虎丫一连三个晚上都不肯上床睡觉，直到把图画画得让自己满意了为止。

追求完美是虎丫的特点，追求浪漫也是虎丫的喜好。

一次，全家要去三亚旅游，临出发时，虎丫对老山羊说："姥姥，我不想去三亚，我想一个人留在五指山的家里。"

老山羊说："好啊，那我把钱和房间钥匙留给你，你自己在家过一周吧。"

老山羊把房间钥匙给虎丫，让她先去门外面演习一次。虎丫挎着装了钱和购物卡的手提袋，拿了钥匙到走廊去了，老山羊在房间里把门带上。过了半小时，虎丫还是没能把房门打开。老山羊打开门后，对累得气喘吁吁的虎丫说："你太小了，一个四岁的小女孩，怎么可能一个人留在家里过一周呢？那会饿坏的！"

虎丫的胆子很大，遇到事情也像个小大人。

在五指山时，老山羊喜欢带上虎丫去外面购物或见朋友。每次购物，虎丫在为自己选几样小东西后，必然要为两个哥哥带回点儿吃的和玩的。

老山羊的朋友给了虎丫礼金，虎丫就把钱放好，谁也不让动，像个小财迷！

有次老山羊的战友在南国夏宫聚餐，虎丫只吃了几口白米饭，老山羊喝酒吃菜后又吐又拉，身体很难受。虎丫始终陪着老山羊，一会儿帮老山羊捶背，一会儿让老山羊喝水，老山羊在卫生间里折腾了半小时，虎丫站在那里坐立不安地走来走去，说："告诉你，从现在开始什么酒也不能喝了啊！听见了吗？再好的酒也不许你喝了，懂了吗？"老山羊难受之时，听到四岁的小外孙的教训，赶快说："记住了，以后再好的酒也不喝了！"

虎丫最喜欢的人是奶奶，虎丫说，这个世界上只有奶奶最听她的话，她让奶奶干什么，奶奶就干什么！老山羊虽说也不错，但有时会很凶。

虎丫最想干的事就是自己拿着遥控器选一个自己想看的节目。那天，红姥姥要带三个小外孙去超市买东西，虎丫说："我不去，我要跟老山羊留在家里。"等哥哥们一出门，虎丫就蹿到两个哥哥平时看电视占据的沙发上，手拿着遥控器，说："我可有拿遥控器的机会啰！"

三个小孩一台戏，有说有笑，有哭有闹，很有趣。

六　新加坡

1

深夜，几个蒙面歹徒蹿进家中，把三个小孩逼在墙角上，让爸爸拿出家里所有的兰特，几分钟后歹徒离去了。在南非，许多中国家庭都经历过这样的场景。这些劫匪没有其他目的，就是单纯为了要钱。

小外孙们在南非约翰内斯堡西罗町的家里，经历过两次抢劫事件，小小年纪就已经是历尽沧桑了。

小外孙们在新加坡还有一个家。新加坡是纯热带海岛，一年四季都很热，只分旱季和雨季。小外孙们乍一来到新加坡，还真有点不太适应。与小朋友们捉迷藏、踢足球时，总会汗如雨下，一天要换两三次背心，胳膊腿上被蚊子咬得到处是包，可这儿有一大好处，再也不用担心有劫匪闯进家中了。

刚到新加坡，发生了一件让秋禾难忘的事情。

有一天，爸爸下课后碰到了图书管理员，那人对爸爸说："你的孩子喜欢吃糖吗？"

"对啊，小孩都爱吃甜食。"爸爸回答。

又过了几天，那人把爸爸叫到了图书馆的办公室，爸爸一看，办公室乱套了，办公桌上的东西都被搞得乱七八糟的，喝咖啡用的方糖罐倒放在桌子上，方糖撒落在地板上。

爸爸问那人："这是谁搞的？"

"谁搞的？肯定是你家那两个儿子，别人家又没小孩！"那人很生气地说。

爸爸火了，回家后二话没说，拿个硬鞋底，抓过秋禾就是一顿狠揍。

"没有，我们没去过图书室！"秋禾大声反抗。

"还嘴硬！不承认错误！"爸爸越打越来气。

"爸爸别生气了，以后不敢了。"秋禾边哭边告饶。

红面猴觉得这件事很奇怪，一是家里的零食很多，孩子们不缺吃的，二来这仨孩子也不会去干这种不道德的事情啊。又过了几天，红面猴发现自家厨房里的糖罐子不见了，问孩子看见了吗，孩子都说没看见。这就邪门了，难道糖罐子自己长翅膀飞走了？

这天上午，红面猴从外面回家取东西，一开房门，看到几只猴子正蹲在灶台上吃东西，好啊！原来是你们在捣鬼！红面猴抄起扫帚就去打猴子，有只大猴子迎着红面猴，嘴里还发出愤怒的吼叫，掩护那两只猴子从窗口逃跑后，再一跃而去。

他们住的房子后面是一片森林，森林里有几拨猴子家族，这些猴子从来不怕人，经常到邻居家里来做客，吃点水果和糖果。图书管理员后来也发现了猴子的踪迹，没办法，这里是猴子们的老窝，只好安上不锈钢丝网做些防范。

爸爸问秋禾："不是你干的事，你为什么要承认，白挨了一顿冤枉揍！"

秋禾说："那事又说不清楚，又怕惹爸爸生气，就承认了。"

秋禾就是这么一个识大体、顾大局的好孩子。

2

新加坡的圣淘沙是个集吃喝玩乐为一体的地方。圣淘沙的景色很美，环球影城就在那里落脚。

小外孙们被环球影城内那色彩斑斓的童话世界所吸引，每次去圣淘沙，都会在环球影城待上大半天，临走时还是恋恋不舍。偌大的环球影城，需要了解和体验的项目很多，一次游玩是满足不了小外孙们好奇贪玩的心的。

有一个地方是小外孙们每次必去的地方，那就是变形金刚园区。场馆里采用全景视频，游客好像置身于宇宙星球之中，正在参加一场机器人大战，很动感也很刺激。小外孙们情绪激动，看完一场还不过瘾，要求下次来时再看一遍。

老山羊捂着胸口说："哎呀妈呀！可把人乱死了，以后再也不能看这种玩意了！"

圣淘沙里的电动玩具也很多，从上午一直玩到晚上天黑，公园要关门了，这时候小外孙们的肚子饿了，也跑不动了。附近有家香港人开的粤菜餐厅，那里的小笼蒸包很有名，比得上中国天津的狗不理。

想吃热包子就得先找个桌子坐下来，买上餐票耐心等着。玩了一天的小外孙，一个个像热锅上的蚂蚁，坐立不安，只嫌包子熟得太慢了！六屉小笼蒸包上来了，小外孙们顾不上包子还很热，一个个拿着小碗盛上包子，大口大口往嘴里送。一会儿工夫，六十个牛眼大的小包子都拨拉进了三个小外孙的肚子里。

老山羊问："饱了吗？"

三张小嘴一块说："没饱！"

"没饱？那就再去买！"

又是四屉，四十个牛眼大的小包子上来了，小外孙们这次吃饱了。十屉，一百个小笼蒸包，被三个小外孙吃得干干净净，外加一人一碗紫菜鸡蛋汤。

真行，半大小子，吃傻老子，一点不虚。

小外孙们长大了，能吃能玩，但是他们都很懂规矩，在大人有事时，把他们交给朋友家的大哥哥大姐姐照看时，他们很会看眼色行事，从来不做让别人讨厌的事情。特别是虎丫，很会哄大人开心，不光会主动干些小活，还会给大人捏肩捶背，说些宽慰人的话。

3

老山羊来到新加坡，与外孙共同度过了一段共享天伦的美好时光。

这一天下午，老山羊正在为外孙们准备晚饭，四菜一粥，主食是山东大肉包。这时房门被人推开了一道缝隙，虎丫满头大汗地钻了进来，说："姥姥！跟你商量个事！"

老山羊答："啥事？说吧！"

虎丫说："晚上，我想请邻居家的两个小朋友上咱家来吃饭，行吗？"

老山羊说："可以啊。"

"太好了！尼娜和她哥哥可以到我家来吃饭了！"虎丫高兴得又蹦又跳，像中了大奖。

老山羊好像看到了女儿红面猴幼年时的模样，红面猴小时候经常带小伙伴到家里来吃饭。帮着小外孙招待小朋友，是当外婆的荣幸。

傍晚，三个小外孙领着两个印度小朋友回来了。两个小朋友很有礼貌，笑眯眯地向老山羊鞠了一个躬，说了几句问候的话。可惜的是，老山羊不懂英语，虎丫当翻译说："姥姥，他们说，外婆你好，谢谢你的接待。"

孩子们叽叽喳喳地用英语相互交流，老山羊的耳朵成了聋子的耳朵，摆设！

虎丫进厨房对老山羊说："尼娜说你一点也不像个外婆，像个阿姨！"

这句话老山羊爱听，在小孩的眼里，自己还不算太苍老，这比啥感谢的话都好听！

尼娜和哥哥从来没有吃过中国山东的大包子，印度人的主食是咖喱饭，一人一包，用手抓着吃。

这顿饭没白忙活，大包子、稀饭和炒菜，十几分钟就被五个孩子吃了个精光。老山羊乐得合不拢嘴，孩子们太厉害了，战斗力真强！

又是一天的下午，虎丫一个人回到家里，悄悄问老山羊："姥姥，缇娜今天过生日，能上我们家来过生日吗？"

"他们不是前几天刚来吃过晚餐吗？"

"没有！那是印度小孩尼娜，这是马来西亚的缇娜！我们都是好朋友。姥姥，你快准备吧！"说完，虎丫一溜烟跑去玩了。

这个小丫头，净给姥姥找活儿干。其实，老山羊也愿意为小外孙们做点好事。

傍晚，一大桌围着坐了九个小孩，有香港八岁小男孩南南，有越南十岁小男孩阮立，有韩国来的小女孩金顺儿，有印度小邻居尼娜和她哥哥，有今天过生日的马来西亚小女孩缇娜，再加上秋禾、安鼠和虎丫，五个男孩四个女孩，九个小朋友正好凑一桌。

过生日，按照中国人的传统习惯是吃长寿面。老山羊做了炸酱面和几个小凉菜，桌上摆着小朋友为缇娜准备的生日礼物，有巧克力、糖果、蛋糕、饼干，满满一大桌，五颜六色的。唱完生日歌，小家伙们就开始吃生日面了。

最有意思的是香港的小男孩南南。南南长得很瘦，看上去像个小学究。他不太习惯使用筷子，老山羊上前帮他把面拌匀，南南用叉子往嘴里扒了几口，然后就不吃了。他看着老山羊说："姥姥，能让我把面条打包回家吗？"

"为什么打包？不好吃吗？"

"不是不好吃，是太好吃了！我妈咪和爹地没有吃过呢！"

"面条凉了坨了，就不好吃了。"

"那好，不打包了。"

老山羊看着南南一鼓作气把炸酱面吃完，又喝了半碗面条汤，临了端起饭碗，把碗边上的炸酱汁都舔得干干净净。

小朋友们看着南南舔碗的样子，都忍不住大笑起来。

老山羊被南南的举动所感动，都说当妈的疼孩子，可小小的南南在别人家吃碗炸酱面,还想着爸妈,这真是太稀罕了。

4

新加坡最有地域特色的公园是兰花园。

兰花园里的兰花品种繁多,色彩斑斓,盛开着的兰花千姿百态,争奇斗艳。老山羊从没见过这么多美丽娇艳的兰花品种。

小外孙们轮流用照相机拍摄自己喜欢的兰花花束和盆景。为了避免孩子们争用相机,老山羊规定每个外孙每次只能拍五张,拍完五张照片后,主动把相机交给下一个人。小外孙非常遵守规则,直到把相机电池耗尽,才算过了一把赏兰花的瘾。

出了植物园,要打出租车回家。新加坡人的一大特点就是喜欢排队,不管在任何事情上,都讲究个先来后到,哪怕只有三个人也要排队。这是社会高度文明的体现。

上了出租车,在出租车的后排座上,安鼠发现了一个只有大拇指大小的玩具,这是一个泥塑的小山羊,造型生动可爱。安鼠把发现小山羊的事情报告给了司机叔叔,司机叔叔说可能是前面的乘客忘在车里的,如果是贵重物品就要交到出租公司,等乘客前来认领。一个这么小的玩具,不会有人回头来找,放在出租公司就成了垃圾,既然小朋友拾到了,那就留着玩吧。

听了叔叔的话，安鼠还是不敢留下小山羊，又请示了妈妈，妈妈说那就听叔叔的吧。

安鼠意外捡到了一只小山羊，如获至宝，每天拿在手里左看右看地爱不够。安鼠给小山羊取了一个好听的名字，叫五白豆。

安鼠吃东西很挑剔，味道奇怪的不吃，颜色难看的不吃，不新鲜的不吃。安鼠穿衣服也讲究，不喜欢的色调不穿，不喜欢的款式也不穿。安鼠玩玩具也是看眼缘，看上眼的就摆弄得仔细又上心，玩过以后就收藏在一个只有他自己知道的地方。如果这个玩具不是安鼠喜爱的，他摆弄过后就进了大玩具箱。

有一次从外面的酒店吃完饭，刚回到家，安鼠就想起自己最爱的蛙王酷宝落在酒店的地毯上了，都过去几个小时了，不知还能不能找回来，这下可急坏了安鼠。安鼠坐在楼梯上哭喊起来，无奈老山羊打电话让安鼠的爷爷到酒店去找。安鼠拿着老山羊的电话，全神贯注地等消息，当听到电话那头的爷爷说蛙王酷宝找到了时，安鼠才抹抹眼泪，开心地去玩别的项目了。

还有一次，安鼠最爱的小红马不见了，他一连找了许多天，到离开济南时也没有找到。过了很长时间，老山羊在一个大抽屉的首饰盒里发现了小红马，这肯定是安鼠自己藏起来的，过后又忘记了。

藏自己喜欢的东西，是红面猴和千里驹不允许的，但孩子们就是有时管不住自己。秋禾八岁时私藏过口香糖；安鼠两岁时私藏过恐龙，六岁时藏过小红马；虎丫四岁时，为了不让哥哥动她的娃娃组合套装，把娃娃的家藏进了老山羊的大衣柜里。

每个小孩都有幼年的童心童趣，如果小孩都一下子变成大人了，人间也就缺乏了许许多多的乐趣。

5

"我在民丹岛上开沙滩车，很疯狂！"

这是七岁的安鼠在炫耀自己的勇敢。

民丹岛是距离新加坡很近的一个小岛，隶属于印度尼西亚。由新加坡人主持开发的休闲度假村，遍布在民丹岛的海边沙滩上。

从新加坡乘小型游轮到民丹岛只需要四十多分钟，所以在周末和节假日，许多东南亚国家的工薪家庭，会举家去小岛上度过一段美好的闲暇时光。像民丹岛这样的地方，在新加坡周围有许多个，因而生活在新加坡的人们，也不会因国家面积太小而感到无趣。

红面猴带着老山羊和孩子们进驻民丹岛后，就可以放松干点自己喜欢的事了，孩子们想玩的地方太多了。酒店的游泳池就有四五个，水深的，水浅的，方形的，圆形的，他们很快就与前来度假的小朋友混熟了。十几个小孩在水里嬉笑打闹，你追我攥，水花四溅，欢呼声此起彼伏，热闹非凡。

有一个台湾来的小姑娘叫邓小明。小明聪明可爱，就是特别爱哭，不论是在餐桌上还是在游乐场，只要家长没顺着她的意思，小明就会咧开嘴巴放声大哭，弄得她爸爸妈妈很无奈。

小明喜欢找秋禾和安鼠一起玩，可秋禾、安鼠顶讨厌撒娇哭闹的女孩，每次不等邓小明凑上前来，小哥俩就互相使个眼色逃之夭夭了。

老山羊看小明怪可怜的，就叫虎丫拉着小明去儿童游乐园去荡秋千。荡完秋千再坐转椅，坐完转椅再钻迷宫，玩了两个小时，累得老山羊胳膊发酸。小明和虎丫边玩边说起了悄悄话。

秋禾的皮肤很白，眼睛鼻子长得有点像韩国人；安鼠的皮肤比较黑，眼睛大，嘴巴小，头发卷，很像个马来西亚小孩。哥俩在外面玩时，经常会引起大人的好奇和小女孩的喜爱。

有一次在球场上踢球，一个哈尔滨的六岁小女孩，一直跟在他们身边，不停地傻笑，后来老山羊才知道这个女孩是因为喜欢这两个小外孙才跟在他们后面，边跑边笑个没完，就跟个小傻瓜一样。

每次遇到女孩的纠缠，秋禾都会说："安鼠，看，又有人相中你了！"安鼠说："去你的吧，那是喜欢你的！"秋禾说："我眼睛这么小，谁喜欢？"

老山羊觉得现在的小孩真滑稽，才几岁呀，就懂得这些闲情逸事。

民丹岛上的沙滩车是显露秋禾和安鼠小哥俩天性的试金石。稳健谨慎的秋禾，小心翼翼地开着沙滩车，像是在开着手扶拖拉机耕地。热情奔放的安鼠，不顾一切地驾驶着沙滩车，一会儿像头急着赶路的小毛驴，一会儿又像匹脱了缰绳的野马，把站在场外观战的老山羊吓得出了一身冷汗。

秋禾很懂得谦让，在外面跟小朋友玩时，有独生子女家庭的女孩欺负他，秋禾是打不还手，骂不还口，成了小公主们离不开的好伙伴和出气筒。有时让那些骄横的女孩欺负，憋屈得受不了时，秋禾就一个人找个没人的地方哭一会儿，哭完后擦擦眼泪，这事就算过去了。

安鼠酷爱冒险，从民丹岛乘船回新加坡，正赶上海浪滔滔，整船人都被颠簸得头昏脑涨，只有安鼠兴奋地看着大海的波涛，说："太好了！太棒了！"

猎奇、出洋相，是安鼠的长项。

虎丫最不喜欢乘船、坐车、坐飞机，虎丫也讨厌别人说她、管她。有一次，院里的小朋友玩游戏，把正在骑自行车溜下坡的安鼠和虎丫招呼过去，让他俩跟大孩子一起玩。安鼠和虎丫把自行车放在地上，说："姥姥，你看着自行车，我们去玩一会儿。"

过了十分钟，虎丫回来了，说："姥姥，咱俩继续玩溜自行车吧。"老山羊看着虎丫不是很开心。过了半小时，有个小男孩被爸爸叫回家了。虎丫说："姥姥推上安鼠的自行车跟着我走！"

老山羊弯腰推着安鼠骑的小自行车，跟在虎丫后面。只见虎丫跨上自行车，高高兴兴地朝那群大孩子玩游戏的地方骑去。虎丫冲着主持游戏的女孩看了一眼，停住自行车，大女孩走过来邀请虎丫一起玩，虎丫淡定地说："好吧。"然后对老山羊说："姥姥，你等我一小会儿。"

过了十分钟，虎丫骑着自行车，招呼老山羊和她一起把两辆小自行车放回公共停车处。回到家里，虎丫开始玩自己喜欢的玩具，有小朋友来叫她，虎丫说："我不喜欢玩那种游戏！"

老山羊看出了其中的奥秘，虎丫虽小，却有极强的自尊心，不想被大孩子轻视和拒绝，宁愿一个人玩，也不愿让别人呼来喝去的。

老山羊心想，小丫头随谁呢？

七　古城西安

1

西安，是我国十三朝古都。三个小外孙在二〇一六年初春，

跟着爸爸妈妈来到了古城西安，在长安区安下了家。

从南非到新加坡，又从新加坡到中国西安，小外孙第一次住进了中国人的汉语环境里，这对孩子们的母语学习会大有好处。

南非，地广人稀，贫富差距很大，时有暴力威胁发生；新加坡，文明富裕，物价很高，而且天气又热又潮；西安，风调雨顺，果蔬丰盈，安全舒适。小外孙很快就喜欢上了西安。

他们小区马路对面就是西安交大的足球场，秋禾和安鼠每到周末都到这里来参加足球训练。

足球训练开始了，带球跑，钻杆跳，绕圈闪进，一会儿工夫，小足球队员们就被教练搞得满头大汗了。一个小队员开始偷懒了，趴在地上耍赖不肯起来。他妈妈赶紧走向儿子，又是擦汗又是劝慰，男孩依偎在妈妈怀里撒娇。教练说，那就歇会儿吧。

在中国，许多城市家庭都是爷爷奶奶、姥姥姥爷、爸爸妈妈六个大人伺候一个孩子，生怕孩子受一点委屈。

另外两个小队员，看教练同意让那个耍赖的男孩歇会儿，也赶紧到草地上坐着喝水去了。有一个精瘦的小队员，看上去灵活皮实，有股不甘落后的劲头。运动场上，秋禾、安鼠和小队员，三个小男孩始终你追我赶的，奔跑着传递脚下的足球，直到训练结束。

坚持，不中途放弃，这是非常重要的成长必备品质。

老山羊看着训练场上的秋禾和安鼠，心智沉着，不被其他小伙伴影响，努力让自己的动作做到符合教练的要求，他们已经是小小男子汉了！

2

老山羊记得小时候有一首童谣是这样说的："爷爷七岁去逃荒，爸爸七岁去放羊，今年我也七岁了，全家送我上学堂。"

老山羊爷爷奶奶那代人，生逢战乱年代，军阀混战，老百姓有家难回，只好挎着讨饭的篮子，去逃荒要饭。到了老山羊爸爸妈妈那代人，解放区的老百姓都在忙着支援前线，小孩子就承担起了放牛放羊干农活的任务。这两代人大都没有上学读书的条件，他们不认识汉字，只能守着家乡的土地，过男耕女织的农耕生活。

到了老山羊这一代人，战争结束了。新中国成立后，少年儿童背起书包，走进学校去读书学文化了。老山羊的女儿红面猴，是中国第一代独生子女，因为每家的孩子都少，所以家长就让孩子从小学习各种文体特长。红面猴在十岁前就学会了游泳和溜旱冰，十二岁又开始学习手风琴、绘画和硬笔书法，十五岁开始学习踢足球、打网球、弹吉他。

因为有了文化，懂了英语，红面猴和千里驹才像是插上了翅膀，飞越了太平洋、印度洋和大西洋。

人，为什么要离开家乡？为什么要去远方？是为了梦中的橄榄树。

梦中的橄榄树就是对未知世界的寻觅，是对新生活的一种追求，是实现梦想的过程。人活着就要有理想，有追求。而实现理想、完成追求，需要人从幼年时就开始继承学习前人的好东西，学得多，懂得多，才能为创造新东西奠定基础。

小外孙的童年是在迁徙不定的环境中度过的。没有固定的生活居所就不能进学校读书，小外孙们一直接受的是华文与英文的双语远程教学。

读过教育学的红面猴，在儿女的上学问题上费了许多脑筋，她自信有能力当好孩子们的老师和辅导员。

老山羊在小外孙的教育上，勉强接受在家上学的超常规理念。她开玩笑地说："现在时代好了，大学生遍街都是，只要能识几个字，能劳动，会干活，能挣钱养活自己就行啊！"

喜欢阅读，是老山羊的习惯，也是红面猴的习惯，现在又成了秋禾的习惯。十岁的秋禾，能流利地用英语朗读英文课外读物，能完成与外国人之间的日常语言交流。秋禾也喜欢阅读中文书籍，看迷了一本书，几个小时都不挪地方，也是一个小书虫。

读书已经成为老山羊一家三代人的生活习惯。

3

红面猴又怀孕了,看到妈妈的肚子一天天大起来,三个小外孙忽然一下子长大了。妈妈要给我们生个小弟弟或小妹妹了,不能惹妈妈生气,也不能让妈妈干累活。于是,三个小外孙在学习上更加自觉,在干家务活上分工明确,各负其责。

老山羊和红姥姥来到了西安。爸爸妈妈要去郊外度假两天,把家里的事情交给了老山羊姊妹俩。只穿短裤的安鼠把床单披在身上,在客厅的地板上连着转了五圈,然后又大摇大摆地到各个房间来回转悠,嘴里喊着:"我是大王!你们都要听我指挥!"

三个小外孙平时被爸妈调教得像三只小绵羊,老山羊和红姥姥来了,爸爸妈妈去度假了,总算可以放松一下了,起码三餐后不用去洗碗、收拾卫生了,衣服也有人清洗和叠放了。

晚上,小外孙洗完澡后,按先后顺序把脚丫子伸到老山羊的怀里,由老山羊给他们搓脚和按足三里。

常按足三里,胜吃老母鸡。经常按腿外侧的足三里穴位,可以打通血脉,提高身体的免疫力,预防治疗疾病。

搓脚、按足三里,成了老山羊与小外孙的固定节目。每次按足三里,小外孙都要先憋住气,做好承受酸麻的准备。一旦老山羊的手劲使足了,按住小外孙的足三里,不管是真酸还是假疼,他们都会大口喘气,乱叫乱喊,其实是借题发挥,宣泄情绪或借机搞笑。

安鼠和虎丫咯咯笑着,在沙发上滚来扭去,好像在撒欢,又好像在享受童年特有的纯真快乐。

老山羊和红姥姥要去爬一次华山。在旅行社,一位年轻的阿姨问老山羊:"这三个孩子都是你的外孙吗?"

"是啊。"老山羊回答。

"那他们是亲兄妹吗?怎么长得不太一样呀?"

"都是一个妈生的,老二长得像他姥爷,女孩长得随她姑姑。"

没等老山羊说完,秋禾就大声纠正:"不对!我们长得谁也不像,只像我爸爸妈妈!"

看着秋禾那较真的模样,安鼠和虎丫都咧着嘴笑了。

二〇一六年,西安的夏天真热啊,热得人下午四点多也不愿意出门。

老山羊不认识菜市场,虎丫主动带姥姥去菜市场,不管天气多热,虎丫都会帮着老山羊去倒垃圾、买菜、买酸奶。老山羊很感动,虎丫说:"姥姥,你还记得在新加坡,你教我说的济南话吗?什么都不是白吃的,吃了以后长劲的,长了劲是干活的!"

六岁的虎丫真懂事,老山羊就是要告诉小外孙,不管是谁,都要从小养成爱学习、爱劳动的好习惯,谁也不喜欢大懒虫!

4

二〇一六年冬至那天，红面猴在西安生下了她和千里驹的第四个孩子。

小四是个男孩，出生时的重量是八斤六两，是四个孩子中出生体重最重的。爸妈给三儿子取名叫冬至。

虎丫当上了姐姐，不能再撒娇耍赖了，要照看小弟弟，多帮妈妈干些女孩才干得好的家务。安鼠有了妹妹又添了小弟弟，俨然一副二哥的模样，自觉学习功课，少让爸妈操心。秋禾最忙，除了自己看书、学习、做家务，还必须管理好安鼠和虎丫的日常事务，爸妈忙不过来时，秋禾就得抱着冬至满屋子转悠。

在冬至刚满一百天时，奶奶和美姥姥都来到西安，帮着红面猴照看冬至。

冬至是四个孩子中，唯一一个在中国降生的孩子。按千里驹的话来形容，就是个能吃能拉又能闹的大胖小子。冬至是最有福气的孩子，从小就有哥哥姐姐围在身边，有说有笑地逗着他玩。

红面猴是在三十六岁这年生下的小四，冬至无疑也是只属猴的小红面猴。

爸爸妈妈进入中年，会更懂得疼爱自己的孩子，所以冬至在襁褓里，得到了爸爸妈妈更多的呵护。

5

虎丫天生就是个跳舞的,身子软,悟性强。这是虎丫芭蕾舞班上同学的家长说的。现在的家长都希望在孩子身上实现自己的梦想,给孩子造成了很大的心理压力。

每个小学生,在学校上完课,都要去校外辅导机构上文体特长班。从早到晚,像台小机器一样不停转着。

在一个家庭里,爸爸妈妈负责赚钱,爷爷奶奶、姥姥姥爷则负责接送孩子和处理家务,一个小孩被六个大人看着管着,很受宠爱又很受约束,没有自我,没有自由。大人嘴里喊着,不要让孩子输在起跑线上,好像要把几代人欠下的学业,在一个小孩身上都找补回来。

红面猴和千里驹不赞成这样的教育模式。小外孙们都是在家里完成学习任务的,课外虎丫上了幼儿芭蕾舞培训班。在培训班上,学习跳舞的小女孩有大有小,大的十二岁上下,小的五六岁。

每到周末的下午,小女孩们都在爸妈或老人的陪伴下,来舞蹈学校的练功厅学习跳舞,有的女孩已经连续学了好几年。家长的共同心愿就是,让孩子以后多一门特长,有气质,有风度。女孩嘛,气质很重要。

芭蕾舞训练是很苦很累的。首先要练习站位置,伸、挺、绷,还要练习弯腰、劈叉,一节课下来,把小女孩们折腾得腰酸腿疼。有的女孩嫌累，干脆练着练着就趴在地板上偷会儿懒。每到课间休息，陪练的家长就会心疼地给孩子递水擦汗。下课后，家长又忙着给孩子换衣服、穿鞋、弄头发。孩子也好像完成了一件了不起的大事。

虎丫上芭蕾舞培训班，正赶上妈妈生了小弟弟，大多数的课都是哥哥陪着去的。虎丫换衣服鞋子和梳头发扎辫子，都是自己张罗，从不用别人操心。在外人眼里，虎丫就是个完全自理的小大人，根本不像个六岁多的小孩。

虎丫从小听见音乐就会随着乐曲的节奏摆动身体，还能根据歌词的大意编上动作，自编自演地跳出让人感动的舞蹈来。老山羊认为，虎丫就是个舞蹈小天才！

虎丫就要随着爸妈去云南大理生活了，老山羊陪着虎丫去上最后的两节芭蕾舞训练课。年轻漂亮的芭蕾舞老师，曾在央视春晚的舞台上展示风采，业余时间教女孩们练练芭蕾舞的基本功。为了拍好一小段广告宣传片的特写镜头，下课后她特意留下了虎丫。

本来下午虎丫跟着哥哥们在小区大院里玩捉迷藏，疯跑了半天，晚上又跳了这么长时间，累得没了力气。老师留下来拍片，一会儿要踢腿，一会儿要劈叉，一会儿又让弯腰，虎丫累得眼睛里含着泪水，好像马上就要趴倒在地板上了。

老山羊对老师说："虎丫太累了，不要再拍了吧！"

老师说:"马上就好,坚持一会儿吧。"

虎丫又开始下腰了,这次实在是没劲了,双手一软,脑袋磕在了地板上,额头马上就起了个大包。

老山羊心疼虎丫又恨老师的固执,二话没说,拿起背包抱起虎丫,就离开了练功厅。

太过分了!一个六岁多的孩子,哪能经得起这么折腾呢?老山羊忘了自己是个六十多岁的老人,气呼呼地只顾抱着虎丫往家走。进了家门,红面猴问虎丫:"这是怎么搞的?"虎丫见了妈妈,这才开始哭了起来。

这世界上,想练成点什么都不容易,台上一分钟,台下十年功呀!

6

西安的大雁塔、兵马俑、华清池、蜀汉古驿道,处处都留下了小外孙们童年的足迹。

老山羊把红面猴和千里驹叫作大野瓜,小外孙们跟着大野瓜浪迹天涯,自然就成了小野瓜。

红面猴和千里驹完成了在西安的工作任务,下面又要向云南大理进军了。迁徙前,一家六口加上老山羊,由千里驹驾车回济南老家一趟,让爷爷奶奶、姥爷及亲戚朋友见见六个多月的冬至。

旅途中，路过古都开封，小外孙们在清明上河园里大开眼界。那些耍大刀、吞火吐烟、猴拉车、羊坐轿的民间把戏，让小外孙们看得目瞪口呆。

外面的景色再好玩，也赶不上小外孙们出的花样让老山羊刻骨铭心。

有一天下午，红面猴一家五口都去理发了，老山羊和美姥姥在家负责看着小冬至。开始的两小时，冬至又吃米糊又喝水的，还挺乖，老山羊觉得这孩子挺容易看的，不挑人。过了一会儿，冬至就呜呜呀呀地给美姥姥说话，好像是在问，我爸爸妈妈去哪儿了？

美姥姥没理会，抱着冬至到阳台上，说："冬至，看看外面的大树，真绿啊！"

冬至开始在美姥姥怀里又哭又闹地折腾起来了，老山羊接过冬至说："你是找你妈妈吗？妈妈带着哥哥姐姐去剪头发了，一会儿就回来。"

冬至不听这一套，越哭越厉害，很快就哭得岔气了。老山羊从没见过哪个小孩这样不要命地哭过，红面猴没有，秋禾、安鼠、虎丫也没有，冬至的脾气可真厉害。没办法，老山羊赶紧给千里驹打电话，说："你们谁剪完头发，谁先回来吧，冬至闹得太厉害了。"

刚才还哭得上气不接下气的冬至，听到敲门声响后马上不哭了,看见大哥和爸爸回来了,冬至破涕为笑。老山羊这才明白,冬至是怕被亲人留在家里,哪怕爸爸妈妈出去几个小时,只要有哥哥姐姐在眼前,冬至就不哭不闹的,乖着哪。

安鼠、虎丫逗冬至都有许多专业的技巧,秋禾更是冬至的专职保姆。十一岁的秋禾抱冬至、喂冬至喝水吃饭、哄冬至玩的样子,完全超过了一位专职保姆。

老山羊看着红面猴为她生下的这四个小外孙,心里感到许多宽慰。怜爱中,老山羊默默地说:"冬至呀,长大了可别忘了你大哥呀!"

一个多子女的家庭,老大永远是个大老冤!

在大理的日子里,看护冬至就成了秋禾、安鼠和虎丫的第二项任务。三个孩子轮流看弟弟,一个人半个小时,在轮流看护的半小时里,弟弟拉尿了,需要换纸尿裤了,就由负责看护的人来负责。

那一天,老山羊在厨房准备中餐,安鼠把冬至从卧室抱了过来,说:"冬至拉了。"

"拉了就给他换尿不湿啊!"老山羊说。

"到虎丫值班的时候了。"安鼠回答。

这是抱着冬至来让虎丫给他换尿布哪,可虎丫上其他小朋友家玩去了,早忘记该她看孩子了。七岁的小孩一玩起来哪儿还有准头?

"姥姥你先看着我弟弟,我去外边找虎丫来给冬至换尿不湿。"安鼠对老山羊说,这样做似乎很合理。

老山羊火了,不高兴地说:"找什么虎丫呀,你先到卧室把纸尿裤拿来,我们先把冬至的大便解决了再说。"

安鼠很懂事,赶快去拿来纸尿裤,帮着姥姥把冬至的脏屁股清理干净。冬至知道自己不讨人喜欢了,哇哇大哭起来。孩子哭,锅里的菜还炒着需要看着,老山羊边抱着冬至边翻着锅里的菜。

秋禾过来了,说:"虎丫玩疯了,到了看孩子的时间也不回来,找挨揍吧。"

老山羊冲着秋禾大声说:"我看找挨揍的是你!冬至拉了,就应该先给他换尿不湿,找什么虎丫啊?"

"姥姥,你不要不讲道理,该谁干活了就应该让谁来干,凭什么让别人来替她,自己去玩啊?"秋禾开始学着跟姥姥犟嘴了。

老山羊感觉小外孙长大了,可以自己做主处理他们之间发生的问题,不需要大人插手了。

有时外出游园或看电影,冬至拉了尿了,三个小外孙就拿出随身带来的湿巾和纸尿裤,找个平整的地方,给冬至迅速把卫生处理好。三个小孩分工明确,动作熟练,干净麻利的样子让路过的人们惊叹不已。有一次在游乐场,十几个大人围着四个小外孙观看他们如何给弟弟换尿不湿，就像在看西洋景。

老山羊的女儿红面猴，是在几个大人的宠爱中度过童年时代的，高中时还没有洗过衣服和碗筷；小外孙则是在多子女家庭中成长的，从小就学会了各种生活必会的技能，老山羊很放心也赞成女儿的教育方式。

后记

这就是二〇二三年的冬天，老山羊为四个小外孙写的故事。

亲爱的秋禾，姥姥爱你！希望你成为一个优秀的外交家。

亲爱的安鼠，浪漫且聪慧，给你取的绰号叫蓝色多瑙河。

亲爱的虎丫，玫瑰庄园的主人，你一定会成为最出色的理财创业者。

亲爱的冬至，坦然淡定是你的本色。世上无难事，只要肯登攀。好好长大吧。

四个小外孙，四个大宝贝。

2023 年 12 月 31 日于海南五指山